人生最美是清欢

林清玄 著

北京出版集团公司
北京十月文艺出版社

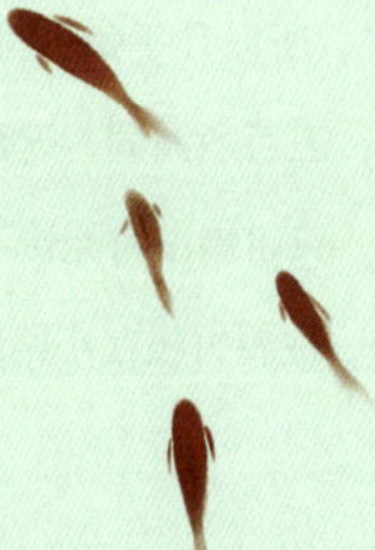

自 序

人间有味是清欢

我从小学时代就爱读苏东坡。

非常奇特的是，当时读古文都不懂，唯独苏东坡，一读就懂。

原因应该是，不管是诗词、文章，苏东坡总是用最简单的文字描写最深刻的情感。因为文字简单，大人小孩都能感动；因为情感深刻，每次读都能读到不同的境界。

更重要的原因是，苏东坡是生活家，他的写作是植根于生活的，他把儒家、佛家、老庄的思想荟萃于生活，表达了一种随缘自足的生命观。

苏东坡的一生，只在青壮时期过了一段富裕的日子，后来几乎都在颠沛流离中度过，常常连饭都吃不饱，"空庖煮寒菜，破灶烧湿苇"，"牛羊烦诃叱，筐筥未敢睨"，穷到连收成的箩筐都不敢多看一眼。

不论多么困窘，苏东坡总是不改落拓旷达的性情，写出境界高妙，文采风流的作品。

剥落世俗的外表，苏东坡的生活非常丰富，诗词文章不在话下，他懂得饮茶，喜欢美食，善于烹饪，能书能画，还有很多很多好朋友……

他的生活太丰富了，所以几乎每天都写作，我从前读《东坡全集》感到吃惊，里面有三千七百多首诗，三百多阕词，无数优美的散文，以及见解精到的论文。他创作的数量远远超过这些，只可惜没有流传下来！

当苏东坡穿着草鞋，拄着竹杖在小路散步，自己觉得全身轻松，比骑马还舒适，

他说："人间有味是清欢。"

"清欢"是生命的减法，在我们舍弃了世俗的追逐和欲望的捆绑，回到最单纯的欢喜，是生命里最有滋味的情境。

在燥热的暑天喝一杯茶。

在雪夜的风中看一盏烛火。

在黄昏的晚霞里观夕阳沉落。

在蝉声高唱的树林里穿行。

在松子掉落的深夜想起远方的朋友。

在最高的山上突然思念着兄弟。

在落下的一根白发里，浮出一生最爱的面容。

在明月遍照的松岗，希望全世界的人都能欣赏同一轮明月呀！

……

在我贫困的童年时代，颠踬无依的少年时代，踽踽独行的青年时代，我还能向往生命的美好，一直保持单纯的初心，因为我相信"人间有味是清欢"。

清欢，永远不会失去，只要我们不俗。

有一种淡然与潇洒

近几年，我常在大陆的高中和大学巡回演讲，有很多学校甚至在万人以上。

一万多人的苦闷挤在一起，那也够惊人了。

大学生的苦闷是即将面对就业的问题，人生将何去何从？

这还是好解决的，人生的路有很多可能，只要有斗志，怎么走都会有路。

高中生的苦闷就可怕了，路只有一条。

因为路只有一条，每一次考试都不能放松，每一个分数都不可轻忽。

所有的高中生都为了分数，考试，高考而活着；所有的高中生，生活都是黑白的，平面的，单调的。

终有一天，高中生会上了大学，大学生会毕业，到那一天才会发现，真实的人生不是这样的。

大部分我们考一百分的学科，在人生里是无用的。

真实的人生却没有人能拿一百分，工作不会一百分，爱情不会一百分，婚姻不会一百分，人际关系不会一百分，健康状况不会一百分……

没有完美的人生，才是人生的真情实景；人生永远不变的，就是每天都在改变。

学生时代有六十分就很好了。

另外的四十分，应该是懂不懂得生活，能不能爱与被爱，有没有幽默感，会不会欣赏美的事物。

在挫折与失败中学习，培养正向的能量。

在不断流逝的时光中，了知人生的无常与悲情。

在零碎破损的生活里，建立起自己的思想观点与价值体系。

在一切因缘的成住坏空，有一种淡然与潇洒。

也许，只有在高中或大学时代，有生命的沉思，才不会被分数与考试淹埋。

超越与淡然，生命就自由了。

我理想的居所

从少年时期，我最想要的家，是在森林中花树围绕的小屋。

打开门，地上铺着桧木地板，四壁白墙，里面什么家具也没有。

吃饭，睡觉，写作，与朋友相见，都在木地板上。

我把那个房子叫"空之居"。

后来，我拥有过几个房子，却没有能创造一个空空如也的居所。

我总是有太多家具，书籍，衣物。

最后，只好把"空之居"放在我的心里，希望有一天能创建出那样的实体。

"空之居"其实是一个"禅房"。

"禅"是"单纯的心"，"单纯的表示"，是去除了一切不必要的事物，留下的那纯净、纯粹、纯美的单纯。

特别是在复杂混乱的现代，回归单纯是日趋困难了，必须舍离的东西太多，必须放下的俗物太多，必须断爱的情感太多……

不只外在生活需要"空之居"，内在的心灵也需要"空之居"，回到最单纯的初心，在最空的地方安坐，一切都具足了。

我近五十年的写作，虽然精彩纷呈，繁华缤纷，但是我希望创造出一个"空之居"，与有缘的人一起走向单纯的所在。

林清玄

二零一五年 盛夏

台北双溪清淳斋

贰 活在当下，自在宁静

温一壶月光下酒　五〇

生活中美好的鱼　五九

粗海盐　六二

武昌街的小调　六四

马蹄兰的告别　七一

青山元不动　七五

不紧急却重要的事　八一

路上捡到一粒贝壳　八四

目录

壹 人间有味，最是清欢

清欢	二
小千世界	一〇
光之四书	一五
雪的面目	二六
月到天心	二九
晴窗一扇	三二
来自心海的消息	三八
以夕阳落款	四四

肆 天寒露重，望君保重

白雪少年 一三三

红心番薯 一三五

怀君与怀珠 一四二

写在水上的字 一四八

琉璃王的悲歌 一五一

惜别的海岸 一五五

用岁月在莲上写诗 一五八

天寒露重，望君保重 一六二

叁

岁月静好，随遇而安

迷路的云 ………………………… 九二

松子茶 …………………………… 一〇一

海潮音 …………………………… 一〇五

一生一会 ………………………… 一〇九

抹茶的美学 ……………………… 一一一

圣哲云集的盛事 ………………… 一一七

不知多少秋声 …………………… 一二〇

岁月的灯火都睡了 ……………… 一二六

陆

温柔半两，从容一生

寻找幸运草　二一四

温柔半两　二一八

清净之莲　二二一

立刻完成的灵药　二二五

幸福的开关　二三〇

快乐的思想　二三九

一生从容　二四四

让开心成为一种习惯　二四八

伍 不忘初心，方得始终

吾心似秋月 一六八

发芽的心情 一七六

无风絮自飞 一八二

沙漠中的旗杆 一八六

生命的化妆 一九一

思想的天鹅 一九三

从人生的最底层出发 一九六

我似昔人，不是昔人 二〇四

细雨斜风作小寒

淡烟疏柳媚晴滩

入淮清洛渐漫漫

雪沫乳花浮午盏

蓼茸蒿笋试春盘

人间有味是清欢

人间有味

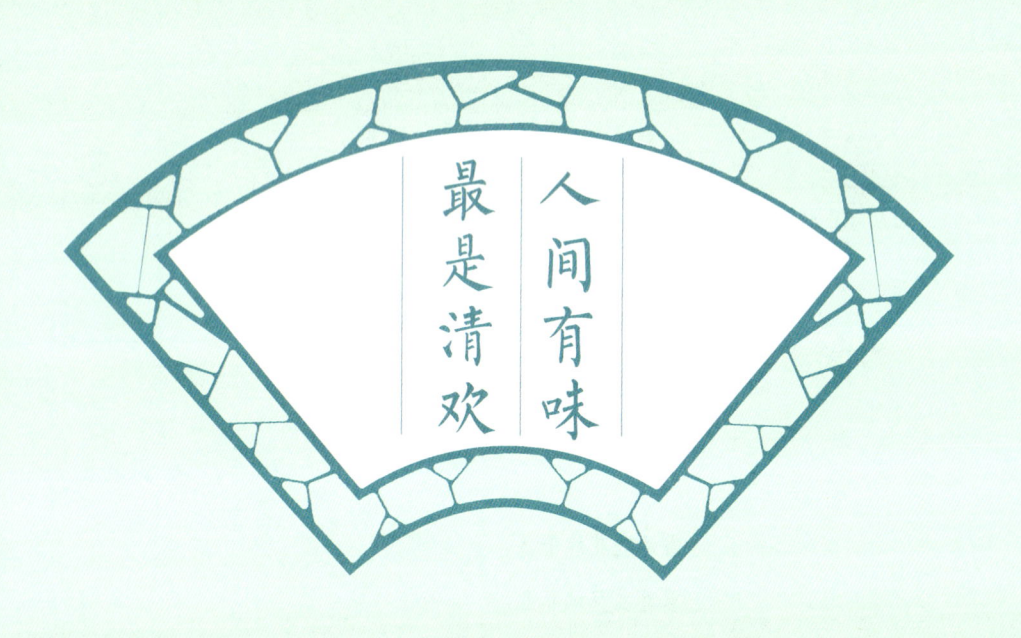

最是清欢

清 欢

少年时代读到苏轼的一阕词，非常喜欢，到现在还能背诵：

细雨斜风作小寒，

淡烟疏柳媚晴滩，

入淮清洛渐漫漫。

雪沫乳花浮午盏，

蓼茸蒿笋试春盘，

人间有味是清欢。

这阕词，苏轼在旁边写着"元丰七年十二月二十四日，从泗州刘倩叔游南山"，原来是苏轼和朋友到郊外去玩，在南山里喝了浮着雪沫乳花的小酒，配着春日山野里的蓼菜、茼蒿、新笋，以及野草的嫩芽等等，然后自己赞叹着："人间有味是清欢！"

当时之所以能深记这阕词，最主要的是爱极了后面这一句，因为试吃野菜的

这种平凡的清欢，才使人间更有滋味。"清欢"是什么呢？"清欢"几乎是难以翻译的，可以说是"清淡的欢愉"，这种清淡的欢愉不是来自别处，正是来自对平静的、疏淡的、简朴的生活的一种热爱。当一个人可以品味山野菜的清香胜过了山珍海味，或者一个人在路边的石头里看出了比钻石更引人的滋味，或者一个人听林间鸟鸣的声音感受到比提笼遛鸟更感动，或者甚至于体会了静静品一壶乌龙茶比起在喧闹的晚宴中更能清洗心灵……这些就是"清欢"。

"清欢"之所以好，是因为它对生活的无求，是它不讲求物质的条件，只讲究心灵的品味。"清欢"的境界是很高的，它不同于李白的"人生在世不称意，明朝散发弄扁舟"那样的自我放逐；或者"人生得意须尽欢，莫使金樽空对月"那种尽情的欢乐。它也不同于杜甫的"人生有情泪沾臆，江水江花岂终极"这样悲痛的心事，或者"人生不相见，动如参与商；今夕复何夕，共此灯烛光"那种无奈的感叹。

我们活在这个世界上，有千百种人生。文天祥的是"人生自古谁无死，留取

清淡的欢愉不是来自别处

正是来自对平静的疏淡的

简朴的生活的一种热爱

丹心照汗青",我们很容易体会到他的壮怀激烈。欧阳修的是"人生自是有情痴,此恨不关风与月",我们很能体会到他的绵绵情恨。纳兰性德是"人到情多情转薄,而今真个不多情",我们也不难会意到他无奈的哀伤。甚至于像王国维的"人生只似风前絮,欢也零星,悲也零星,都作连江点点萍"那种对人生无常所发出的刻骨的感触,我们也依然能够知悉。

可是"清欢"就难了!

尤其是生活在现代的人,差不多是没有清欢的。

你说什么样是清欢呢?我们想在路边好好地散个步,可是人声车声不断地呼吼而过,一天里,几乎没有纯然安静的一刻。

我们到馆子里,想要吃一些清淡的小菜,几乎是杳不可得,过多的油、过多的酱、过多的盐和味精已经成为中国菜最大的特色,有时害怕了那样的油腻,特别嘱咐厨子白煮一个菜,菜端出来时却让人吓一跳,因为菜上挤的沙拉酱比菜还多。

我们有时没有什么事,心情上只适合和朋友啜一盅茶、饮一杯咖啡,可惜的是,心情也有了,朋友也有了,就是找不到地方,有茶有咖啡的地方总是嘈杂的,而且难以找到能一边饮茶一边观景的处所。

俗世里没有清欢了,那么到山里去吧,到海边去吧!但是,山边和海湄也不纯净了,凡是人的足迹可以到的地方,就有了垃圾,就有了臭秽,就有了吵闹!

有几个地方我以前经常去的,像阳明山的白云山庄,叫一壶兰花茶,俯望着台北盆地里堆叠着的高楼与人欲,自己饮着茶,可以品到茶中有清欢。像在北投和阳明山间的山路边有一个小湖,湖畔有小贩卖工夫茶,小小的茶几,藤制的躺椅,独自开车去,走过石板的小路,叫一壶茶,在躺椅上静静地靠着,有时湖中

五

的荷花开了，真是惊艳一山的沉默。有一次和朋友去，两人在躺椅上静静喝茶，一下午竟说不到几句话，那时我想，这大概就是"人间有味是清欢"了。

现在这两个地方也不能去了，去了也只有伤心。湖里的不是荷花了，是漂荡着的汽水罐子，池畔也无法静静躺着了，因为人比草多，石板也被踏损了。到假日的时候，走路都很难不和别人推挤，更别说坐下来喝口茶，如果运气更坏，会遇到呼啸而过的飞车党，还有带伴唱机来跳舞的青年，那时所有的感官全部电路走火，不要说清欢，连欢也不剩了。

要找清欢就一日比一日更困难了。

我当学生的时候，有一位朋友住在中和圆通寺的山下，我常常坐着颠簸的公车去找他，两个人便沿着上山的石阶，漫无速度地，走走、坐坐、停停、看看。那时圆通寺山道石阶的两旁，杂乱地长着朱槿花。我们一路走，顺手摘下一朵熟透的朱槿花，吸着花朵底部的花露，其甜如蜜，而清香胜蜜，轻轻地含着一朵花的滋味，心里遂有一种只有春天才会有的欢愉。

圆通寺是一座全由坚固的石头砌成的寺院，那些黑而坚强的石头坐在山里仿佛一座不朽的城堡。绿树掩映，清风徐徐，我们站在用石板铺成的前院里，看着正在生长的小市镇，那时的寺院是澄明而安静的，让人感觉走了那样高的山路，能在那平台上看着远方，就是人生里的清欢了。

后来，朋友嫁人，到国外去了，我去了一趟圆通寺。山道已经开辟出来，车子可以环山而上，小山路已经很少人走。就在寺院的门口摆着满满的摊贩，有一摊是儿童乘坐的机器马，叽里咕噜的童歌震撼半山，有两摊是打香肠的摊子，烤烘香肠的白烟正往那古寺的大佛飘去。有一位母亲因为不准她的孩子吃香肠而揍

打着两个孩子，激烈的哭声尖吭而急促……我连圆通寺的寺门都没有进去，就沉默地转身离开了。山还是原来的山，寺还是原来的寺，为什么感觉完全不同了，失去了什么吗？失去的正是清欢。

下山的心情是不堪的，想到星散的朋友，心情也不是悲伤，只是惆怅，浮起的是一阕词和一首诗，词是李煜的："高楼谁与上？长记秋晴望。往事已成空，还如一梦中！"诗是李觏的："人言落日是天涯，望极天涯不见家。已恨碧山相阻隔，碧山还被暮云遮。"那时正是黄昏，在都市烟尘蒙蔽了的落日中，真的看到了一种悲剧似的橙色。

我二十岁的时候，心情很坏的时候，就跑到青年公园对面的骑马场去骑马，那些马虽然因驯服而动作缓慢，却都年轻高大，有着光滑的毛色。双腿用力一夹，它也会如箭一般呼噜着向前蹿去，急忙的风声就从两耳掠过。我最记得的是马跑的时候，迅速移动着的草的青色，青茸茸的，仿佛饱含生命的汁液。跑了几圈下来，一切恶的心情也就在风中、在绿草里、在马的呼啸中消散了。

尤其是冬日的早晨，勒着缰绳，马就立在当地，踢踏着长腿，鼻孔中冒着一缕缕的白气，那些气可以久久不散，当马的气息在空气中消弭的时候，人也好像得到了某些舒放了。

骑完马，到青年公园去散步，走到成行的树荫下，冷而强悍的空气在林间流荡着，可以放纵地、深深地呼吸，品味着空气里所含的元素，那元素不是别的，正是清欢。

最近有一天，突然想到了骑马，已经有十几年没骑了。到青年公园的骑马场时差一点没有吓昏，原来偌大的马场里已经没有一根草了，一根草也没有的马场大概只有台湾才有，马跑起来的时候，灰尘滚滚，弥漫在空气里的尽是令人窒息

的黄土，蒙蔽人的眼睛。马也老了，毛色斑驳而失去光泽。

最可怕的是，不知道什么时候在马场搭了一个塑胶棚子，铺了水泥地，其丑无比，里面则摆满了机器的小马，让人骑用，其吵无比。为什么为了些微的小利，而牺牲了这个马场呢？

马会老是我知道的事，人会转变是我知道的事，而在有真马的地方放机器马，在马跑的地方没有一株草则是我不能理解的事。

就在马场对面的青年公园，那里已经不能说是公园了，人比西门町还拥挤吵闹，空气比咖啡馆还坏，树也萎了，草也黄了，阳光也照不灿烂了。我从公园穿越过去，想到少年时代的这个公园，心痛如绞，别说清欢了，简直像极了佛经所说的"五浊恶世"！

生在这个年代，为何"清欢"如此难觅。眼要清欢，找不到青山绿水；耳要清欢，找不到宁静和谐；鼻要清欢，找不到干净空气；舌要清欢，找不到蓼茸蒿笋；身要清欢，找不到清凉净土；意要清欢，找不到智慧明心。如果你要享受清欢，唯一的方法是守在自己小小的天地，洗涤自己的心灵，因为在我们拥有越多的物质世界，我们的清淡的欢愉就日渐失去了。

现代人的欢乐，是到油烟爆起、卫生堪虑的啤酒屋去吃炒蟋蟀；是到黑天暗地、不见天日的卡拉OK去乱唱一气；是到乡村野店、胡乱搭成的土鸡山庄去豪饮一番；以及在狭小的房间里做方城之戏，永远重复着摸牌的动作……以为这些污浊的放逸的生活是欢乐，想起来毋宁是可悲的事。为什么现代人不能过清欢的生活，反而以浊为欢、以清为苦呢？

当一个人以浊为欢的时候，就很难体会到生命清明的滋味，而在欢乐已尽、

浊心再起的时候，人间就越来越无味了。

这使我想起东坡的另一首诗来：

梨花淡白柳深青，

柳絮飞时花满城；

惆怅东栏一株雪，

人生看得几清明！

苏轼凭着东栏看着栏杆外的梨花，满城都飞着柳絮时，梨花也开了遍地，东栏的那株梨花却从深青的柳树间伸了出来，仿佛雪一样清丽，有一种惆怅之美，但是，人生，看这么清明可喜的梨花能有几回呢？这正是千古风流人物的性情，这正是清朝画家盛大士在《溪山卧游录》中说的："凡人多熟一分世故，即多一分机智。多一分机智，即少却一分高雅。""'山中何所有？岭上多白云，只可自怡悦，不堪持赠君。'自是第一流人物。"

第一流人物是什么人物？

第一流人物是在清欢里也能体会人间有味的人物！

第一流人物是在尘世间也能找到清欢的滋味的人物！

小千世界

安迪台风来访时，我正在朋友的书斋闲谈，狂乱喧嚣的风雨声不时透窗而来，一盏细小的灯花烛火在风中微明微灭，但是屋外的风雨越大，我越感觉得朋友书房的幽静，并且微微透出书的香气。

我常想，在茫茫的大千世界里，每一个人都应该保有一个自己的小千世界，这小千世界是可以思考、神游、欢娱、忧伤甚至忏悔的地方，应该完全不受到干扰，如此，作为独立的人才有意义。因为有了小千世界，当大千世界风雨如晦、鸡鸣不已之际，我们可以用清明的心灵来观照；当举世狂欢、众乐成城之时，我们能够超然地自省；当在外界受到挫折时，回到这个心灵的城堡，我们可以在里面得到安慰；心灵的伤口复原，然后再一次比以前更好地出发。

这个"小千世界"最好的地方无疑是书房，因为大部分人的书房里都收藏了无数伟大的心灵，随时能来和我们会面，我们分享了那些光耀的创造，而我们的秘密还得以独享。我认为每个人居住过的地方都能表现他的性格，尤其是书房，因为书房是一个人最亲密的地点，也是一个人灵魂的写照。

我每天大概总有数小时的时间在书房里，有时读书写作，大部分时间是什么

也不做，一个人静静地让想象力飞奔，有时想想一首背诵过的诗，有时回到童年家门前的小河流，有时品味着一位朋友自远地带给我的一瓶好酒，有时透过纱窗望着遥远的点点星光想自己的前生，几乎到了无所不想的地步，那种感应仿佛在梦中一样。

有一次，我坐在书桌前，看到书房的字纸篓已经满了出来，有许多是我写坏了的稿纸，有的是我已经使用过的笔记，全被揉皱丢在字纸篓里，而我已经完全忘记了内容，我要去倒字纸篓的时候灵机一动，把那些我已经舍弃的纸一张张拿起来，铺平放在桌上，然后我便看见了自己一段生活的重现，有的甚至还记载着我心里最深处的一些秘密，让自己看了都要脸红的一些想法。

后来我体会到"敬惜字纸"的好处，丢掉了字纸篓，也改正了从前乱丢字纸的习惯。书房的字纸篓都藏有这么大的玄机，缘着书架而上的世界，可见有多么海阔天空了。

安迪台风来访那一夜，我在朋友家聊天到深夜才回到家里，没想到我的书房

在茫茫的大千世界里
每一个人都应该保有一个
自己的小千世界

里竟进了水，那些还夹着残破树叶的污水足足有半尺高，我书架最下层的书在一夜之间全部泡汤。一看到抢救不及，心里紧紧地冒上来一阵纠结的刺痛，马上想到一位长辈，远在加州的许芥昱教授，他的居处淹水，妻儿全跑出了屋外，他为了抢救地下室的书籍资料，迟迟不出，直到儿子在大门口一再催促，他才从屋里走来，就在这时，他连人带房子及刚抢救的书籍资料一起被冲下山去，尸体被发现在数十英里外的郊野。

许芥昱生前好友甚多，我在美国旅游的时候，听到郑愁予、郑清茂、白先勇、于崇信、金恒炜都谈过他死的情形，大家言下都不免有些怅然。一位名震国际的汉学家，诗书满腹，却为了抢救地下室的书籍资料而客死异域，也确要叫人长叹。但是我后来一想，假如许芥昱逃出了屋外，眼见自己的数十年心血、自己最钟爱的书房被洪水冲走，那么他的心情又是何等的哀伤呢？这样想时也就稍微能够释然了。

我看到书房遭水淹的心情是十分哀伤的，因为在书架的最底层，是我少年时期阅读的一批书。它们虽然随着岁月褪色了，大部分我也阅读得熟烂了，然而它们曾经伴随我度过年少的时光，有许多书一直到今天还深深地影响着我。不管我搬家到哪里，总是带着这批我少年时代的书，不忍丢弃，闲时翻阅也颇能使我追想到过去那段意气风发的日子，对现在的我仍存在着激励自省的作用。

这些被水淹的书中，最早的一本是一九五八年由大众书局出版吕津惠翻译的《少年维特的烦恼》，是我的大姊花五元买的，一个个看下来，如今传在我的手中，我是在初中一年级读这本书的。

随手拾起一些湿淋淋的书，有史怀哲的《非洲手记》、英格玛·柏格曼的《野

草莓》、安德烈·纪德的《刚果记行》、阿德勒的《自卑与生活》、叔本华的《爱与生的苦恼》、田纳西·威廉的《青春之鸟》、赫胥黎的《瞬息的烛火》、塞林格的《麦田里的守望者》、梅立克和普希金的小说以及艾斯本的遗稿，总共竟有五百余册的损失。

对一个爱书的人，书的受损就像农人的田地被水淹没一样，那种心情不仅是物质的损失，而是岁月与心情的伤痕。我蹲在书房里看劫后的书，突然想起年少时展读这些书册的情景，书原来也是有情的，我们可以随时在书店里购回同样内容的新书，但读书的心情是永远也买不回来了。

"小千世界"是每个"小小的大千"，种种的记录好像在心里烙下了血的刺青，是风雨也不能磨灭的。但是在风雨里把钟爱的书籍抛弃，我竟也有了黛玉葬花的心情，一朵花和一本书一样，它们有自己的心，只是作为俗人的我们，有时候不能体会罢了。

光之四书

光之色

当塞尚把苹果画成蓝色以后，大家对颜色突然开始有了奇异的视野，更不要说马蒂斯蓝色的向日葵、毕加索鲜红色的人体、夏加尔绿色的脸了。

艺术家们都在追求绝对的真实，其实这种绝对往往不是一种常态。

我是真正见过蓝色苹果的人。有一次去参加朋友的舞会，舞会不免有些水果点心，我发现就在我坐的位子旁边一个摆设得精美的果盘，中间有几只梨山的青苹果，苹果之上一个色纸包扎的蓝灯，一束光正好打在苹果上，那苹果的蓝色正是塞尚画布上的色泽。那种感动竟使我微微地颤抖起来，想到诗人里尔克称赞塞尚的画："是法国式的雅致与德国式的热情之平衡。"

设若有一个人，他从来没有见过苹果，那一刻，我指着那苹果说：苹果是蓝色的。他必然要相信不疑。

然后，灯光变了，是一支快速度的舞，七彩的光在屋内旋转，打在果盘上，所有的水果顿时成为七彩的斑点流动。我抬头，看到舞会男女，每个人脸上的肤色隐去，都是霓虹灯一样，只是一些活动的碎点，像极了秀拉用细点的描绘。当刻，我不仅理解了马蒂斯、毕加索、夏加尔种种，甚至看见了除去阳光以外的真实。

　　在阳光下，所有的事物自有它的颜色，当阳光隐去，在黑暗里，事物全失去了颜色。设若我们换了灯，同样是灯，灯泡与日光灯会使色泽不同，即使同是灯泡，百烛与十烛间相去甚巨，不要说是一支蜡烛了。我们时常说在黑夜的月光与烛光下就有了气氛，那是我们多出一种想象的空间，少去了逼人的现实，即使在阳光艳照的天气，我们突然走进树林，枝叶掩映，点点丝丝，气氛仿佛滤过，就围绕了周边。什么才是气氛呢？因为不真实，才有气有氛，令人迷惑。或者说除去直接无情的真实，留下迂回间接的真实，那就是一般人口里的气氛了。

　　有一回在乡下，听到一位农夫说到现今社会风气的败德，他说："都是电灯害的，电灯使人有了夜里的活动，而所有的坏事全是在黑暗里进行的。"想想，人在阳光的照耀下，到底还是保持着本色，黑暗里本色失去，一只苹果可以蓝，可以七彩，人还有什么不可为呢？

　　这样一想，阳光确实是无情，它让我们无所隐藏，它的无情在于它的无色，也在于它的永恒，又在于它的自然。不管人世有多少沧桑，阳光总不改变它的颜色，所以仿佛也不值得歌颂了。

　　熟知中国文学的人应该发现，中国诗人词家少有写阳光下的心情，他们写到的阳光尽是日暮（天寒翠袖薄，日暮倚修竹），尽是黄昏（月上柳梢头，人约黄

昏后），尽是落日（大漠孤烟直，长河落日圆），尽是夕阳（去年天气旧亭台。夕阳西下几时回），尽是斜阳（斜阳外，寒鸦数点，流水绕孤村），尽是落照（家住苍烟落照间，丝毫尘事不相关）……阳光的无所不在，无地不照，反而只有离去时最后的照影，才能勾起艺术家诗人的灵感，想起来真是奇怪的事。

一朝唐诗、一代宋词，大部分是在月下、灯烛下进行，你说奇怪不奇怪？说起来就是气氛作怪，如果是日正当中，仿佛都与情思、离愁、国仇、家恨无缘，思念故人自然是在月夜空山才有气氛，怀忧边地也只有在清风明月里才能服人，即使饮酒作乐，不在有月的晚上难道是在白天吗？其实天底下最大的痛苦不是在夜里，而是在大太阳下也令人战栗，只是没有气氛，无法描摹罢了。

有阳光的天色，是给人工作的，不是给人艺术的，不是给人联想和忧思的。有阳光的艺术不是诗人词家的，是画家的专利，中国一部艺术史大部分写着阳光，西方的艺术史也是亮灿照耀，到印象派的时候更是光影辉煌，只是现代艺术家似乎不满意这样，他们有意无意地改变光的颜色。抽象自不必说了，写实，也不要俗人都看得见的颜色，而是透过画家的眼睛，他们说这是"超脱"，这是"真实"，这是"爱怎么画就怎么画才是创作"。

我常说艺术家是上帝的错误设计，因为他们要在阳光的永恒下，另外做自己的永恒，以为这样就成为永恒的主宰。艺术背叛了阳光的原色，生活也是如此。我们的黑夜越来越长，我们的屋子越来越密，谁还在乎有没有阳光呢？现在我如果批评塞尚的蓝苹果，一定引来一阵乱棒，就像齐白石若画了蓝色的柿子也会挨骂一样，其实前后才不过是百年的时间。一百年，就让现代人相信没有阳光，日

子一样自在，让现代人相信艺术家的真实胜过阳光的真实。

阳光本色的失落是现代人最可悲的一种，许多人不知道在阳光下，稻子可以绿成如何，天可以蓝到什么程度，玫瑰花可以红到透明，那是因为过去在阳光下工作占人类的大部分，现在变成小部分了，即使是在有光的日子，推窗究竟看到的是什么颜色呢？

我常在都市热闹的街路上散步，有时走过长长的一条路，找不到一根小草，有时一年看不到一只蝴蝶。这时我终于知道：我们心里的小草有时候是黑的，而在繁屋的每一面窗中，埋藏了无数苍白没有血色的蝴蝶。

光之香

我遇见一位年轻的农夫，在南方一个充满阳光的小镇。

那时是春末了，一期稻作刚刚收成，春日阳光的金线如雨倾盆地泼在温暖的土地上，牵牛花在篱笆上缠绵盛开，苦苓树上鸟雀追逐，竹林里的笋子正纷纷涨破土地。细心地想着植物突破土地，在阳光下成长的声音，真是人间里非常幸福的感觉。

农夫和我坐在稻埕旁边，稻子已经铺平张开在场上。由于阳光的照射，稻埕闪耀着金色的光泽，农夫的皮肤染了一种强悍的铜色。我在农夫家做客，刚刚是我们一起把谷包的稻子倒出来，用犁耙推平的，也不是推平，是推成小小山脉一

般，一条棱线接着一条棱线，这样可以让山脉两边的稻谷同时接受阳光的照射，似乎几千年来就是这样晒谷子，因为等到阳光晒过，八爪耙把棱线推进原来的谷底，则稻谷翻身，原来埋在里面的谷子全翻到向阳的一面来——这样晒谷比平面有效而均衡，简直是一种阴阳的哲学了。

农夫用斗笠扇着脸上的汗珠，转过脸来对我说："你深呼吸看看。"

我深深地吸了一口气，缓缓吐出。

他说："你吸到什么没有？"

我吸到的是稻子的气味，有一点香。我说。

他开颜地笑了，说："这不是稻子的气味，是阳光的香味。"

"阳光的香味？"我不解地望着他。

那年轻的农夫领着我走到稻埕中间，伸手抓起一把向阳一面的谷子，叫我用力地嗅，那时稻子成熟的香气整个扑进我的胸腔，然后，他抓起一把向阴的埋在内部的谷子让我嗅，却是没有香味了。这个实验让我深深地吃惊，感觉到阳光的神奇，究竟为什么只有晒到阳光的谷子才有香味呢？年轻的农夫说他也不知道，是偶然在翻稻谷晒太阳时发现的，那时他还是大学生，暑假偶尔帮忙农作，想象着都市里多彩多姿的生活，自从晒谷时发现了阳光的香味，竟使他下决心要留在家乡。我们坐在稻埕边，漫无边际地谈起阳光的香味来，然后我几乎闻到了幼时刚晒干的衣服上的味道，新晒的棉被、新晒的书画，光的香气就那样淡淡地从童年中流泻出来。自从有了烘干机，那种衣香就消失在记忆里，从未想过竟是阳光的关系。

细心地想着植物突破土地
在阳光下成长的声音
真是人间里非常幸福的感觉

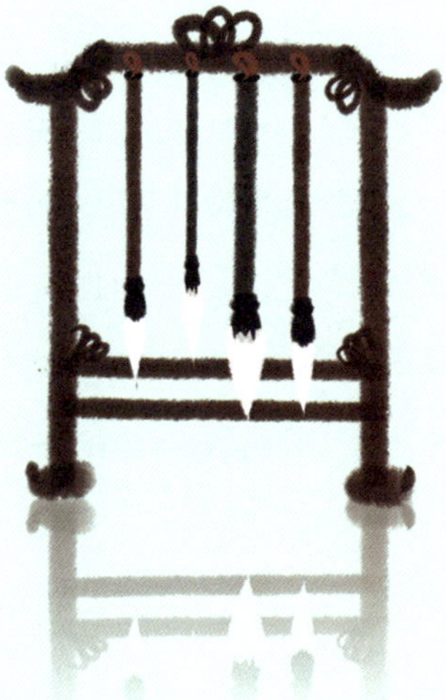

农夫自有他的哲学，他说："你们都市人可不要小看阳光，有阳光的时候，空气的味道都是不同的。就说花香好了，你有没有分辨过阳光下的花与屋里的花，香气不同呢？"

我说："那夜来香、昙花香又作何解呢？"
他笑得更得意了："那是一种阴香，没有壮怀的。"

我便那样坐在稻埕边，一再地深呼吸，希望能细细品味阳光的香气，看我那样正经庄重，农夫说："其实不必深呼吸也可以闻到，只是你的嗅觉在都市里退化了。"

光之味

在澎湖访问的时候，我常在路边看渔民晒鱿鱼，发现晒鱿鱼有两种方式：一种是把鱿鱼放在水泥地上，隔一段时间就翻过身来。在没有水泥地的土地，因为怕蒸起的水汽，渔民把鱿鱼像旗子一样，一面面挂在架起的竹竿上——这种景观是在澎湖、兰屿随处可见的，有的台湾沿海也看得见。

有一次，一位渔民请我吃饭，桌子上就有两盘鱿鱼，一盘是新鲜的刚从海里捕到的，一盘是阳光晒干以后，用水泡发，再拿来煮的。渔民告诉我，鱿鱼不同于其他的鱼，其他的鱼当然是新鲜的最好，鱿鱼则非经过阳光烤炙，不会显出它的味道来。我仔细地吃起鱿鱼，发现新鲜的虽脆，却不像晒干的那样有味、有劲。

为什么这样，真是没什么道理。难道阳光真有那样大的力量吗？

渔民见我不信，捞起一碗鱼翅汤给我，说："你看这鱼翅好了，新鲜的鱼翅，卖不到什么价钱的，因为一点也不好吃，只有晒干的鱼翅才珍贵，因为香味百倍。"

为什么鱿鱼、鱼翅经过阳光暴晒以后会特别好吃呢？确是不可思议，其实不必说那么远，就是一只乌鱼子，干的乌鱼子价钱何止是新鲜乌鱼卵的十倍？

后来我在各地旅行的时候，特别留意这个问题。有一次在南投竹山吃东坡肉油焖笋尖，差一点没有吞下盘子。主人说那是今年的阳光特别好，晒出了最好吃的笋干，阳光差的时候，笋干也显不出它的美味，嫩笋虽自有它的鲜美，经过阳光，却完全不同了。

对鱿鱼、鱼翅、乌鱼子、笋干等等，阳光的功能不仅让它干燥、耐于久藏，也仿若穿透它，把气味凝聚起来，使它发散不同的味道。我们走入南货行里所闻到的干货聚集的味道，我们走进中药铺子扑鼻而来的草香、药香，在从前，无一不是经由阳光凝结的。现在有无须阳光的干燥方法，据说味道也不如从前了。一位老中医师向我描述从前"当归"的味道，说如今怎样熬炼也不如昔日，我没有吃过旧日当归，不知其味，但这样说，让我感觉现今的阳光也不像古时有味了。

不久前，我到一个产制茶叶的地方，茶农对我说，好天气采摘的茶叶与阴天采摘的，烘焙出来的茶就是不同。同是一株茶，春茶与冬茶也全然两样，则似乎一天与一天的阳光味觉不同，一季与一季的阳光更天差地别了，而它的先决条件，就是要具备一只敏感的舌头，不管在什么时代，总有一些人具备好的舌头，能辨

别阳光的壮烈与阴柔——阳光那时刻像一碟精心调制的小菜，差一些些，在食家的口中已自有高下了。

这样想，使我悲哀，因为盘中的阳光之味在时代的进程中似乎日渐清淡起来。

光之触

八月的时候，我在埃及，沿着尼罗河自北向南，从开罗逆流而溯。一直经过路可索、帝王谷、亚斯文诸地。那是埃及最热的天气，晒两天，就能让人换过一层皮肤。

由于埃及阳光可怕的热度，我特别留心到当地人的穿戴，北非各地，夏天的衣着也是一袭长袍长袖的服装，甚至头脸全包裹起来。我问一位埃及人："为什么太阳这么大，你们不穿短袖的衣服，反而把全身包裹起来呢？"他的回答很妙："因为太阳实在太大，短袖长袖同样热，长袖反而可以保护皮肤。"

在埃及八天的旅行，我在亚斯文旅店洗浴时，发现皮肤一层一层地凋落，如同干去的黄叶。埃及经验使我真实地感受到阳光的威力，它不只是烧灼着人，甚至是刺痛、鞭打、揉搓着人的肌肤，阳光热烘烘地把我推进一个不可回避的地方，每一秒的照射都能真实地感应。

后来到了希腊，在爱琴海滨，阳光也从埃及那种磅礴波澜里进入一个细致的

形式，虽然同样强烈地包围着我们。海风一吹，阳光在四周汹涌，有浪大与浪小的时候，我感觉希腊的阳光像水一样推涌着，好像手指的按摩。

再来是意大利，阳光像极文艺复兴时代米开朗琪罗的雕像，开朗强壮，但给人一种美学的感应，那时阳光是轻拍着人的一双手，让我们面对艺术时真切地清醒着。

到了中欧诸国，阳光简直成为慈和温柔的怀抱，拥抱着我们。我感到相当惊异，因为同是八月盛暑，阳光竟有着种种变化的触觉：或狂野，或壮朗，或温和，或柔腻，变化万千，加以欧洲空气的干燥，更触觉到阳光直接的照射。

那种触觉简直不只是肌肤的，也是心灵的，我想起中国的一个寓言：

有一个瞎子，从来没有见过太阳。有一天他问一个好眼睛的人："太阳是什么样子呢？"

那人告诉他："太阳的样子像个铜盘。"

瞎子敲了敲铜盘，记住了铜盘的声音。过了几天，他听见敲钟的声音，以为那就是太阳了。

后来又有一个好眼睛的人告诉他："太阳是会发光的，就像蜡烛一样。"

瞎子摸摸蜡烛，认出了蜡烛的形式，又过了几天，他摸到一支箫，以为这就是太阳了。

他一直无法搞清太阳是什么样子。

瞎子永远不能看见太阳的样子，自然是可悲的，但幸而瞎子同样能有阳光的触觉。寓言里只有手的触觉，而没有心灵的触觉，失去这种触觉，就是好眼睛的人，也不能真正知道太阳的。

冬天的时候，我坐在阳台上晒太阳，同一个下午的太阳，我们能感觉到每一刻的触觉都不一样，有时温暖得让人想脱去棉衫，有时一片云飘过，又冷得令人战栗。晒太阳的时候，我觉得阳光虽大，它却是活的，是宇宙大心灵的证明，我想只要真正地面对过阳光，人就不会觉得自己是神，是万物之主宰。

只要晒过太阳，也会知道，冬天里的阳光是向着我们，但走远了，夏天则又逼近，不管什么时刻，我们都触及了它的存在。

记得梭罗在华尔腾湖畔，清晨吸到新鲜空气，希望将那空气用瓶子装起，卖给那些迟起的人。我在晒太阳时则想，是不是有一种瓶子可以装满阳光，卖给那些没有晒过太阳的人呢？

每一天出门的时候，我们对阳光有没有触觉呢？如果没有，我们的感官能力正在消失，因为当一个人对阳光竟能无感，如果说他能对花鸟虫鱼、草木山河有观，都是自欺欺人的了。

雪 的 面 目

在赤道，一位小学老师努力地给儿童说明"雪"的形态，但不管他怎么说，儿童也不能明白。

老师说：雪是纯白的东西。

儿童就猜测：雪像盐一样。

老师说：雪是冷的东西。

儿童就猜测：雪像冰淇淋一样。

老师说：雪是粗粗的东西。

儿童就猜测：雪像沙子一样。

老师始终不能告诉孩子雪是什么。最后，他考试的时候，出了"雪"的题目，结果有几个儿童这样回答："雪是淡黄色，味道又冷又咸的沙。"

这个故事使我们知道，有一些事物的真相，用言语是无法表白的，对于没有看过雪的人，我们很难让他知道雪。像雪这种可看的、有形象的事物都无法明明白白地说清楚，那么，对于无声无色、没有形象、不可捕捉的心念，如何能够清楚地表达呢？

我们要知道雪，只有自己到有雪的国度。

我们要听黄莺的歌声，就要坐到有黄莺的树下。

我们要闻夜来香的清气，只有夜晚走到有花的庭院。

那些写着最热烈优美的情书的，不一定是最爱我们的人；那些陪我们喝酒吃肉搭肩拍胸的，不一定是真朋友；那些嘴里说着仁义道德的，不一定有人格的馨香；那些签了约的字据呀，也有背弃与撕毁的时候！

这个世界最美好的事物，都是语言文字难以形容与表现的。

那么，让我们保持适度的沉默吧！在人群中，静观谛听；在独处的时候，保持灵敏。

就像我们站在雪中，什么也不必说，就知道雪了。

在雪中清醒的孤独，总比在人群中热闹的寂寞与迷惑要好些。

雪，冷面清明，纯净优美，念念不住，在某一个层次上，像极了我们的心。

雪
冷面清明
纯净优美
念念不住
在某一个层次上
像极了我们的心

月到天心

二十多年前的乡下没有路灯，夜里穿过田野要回到家里，差不多是摸黑的。平常时日，都是借着微明的天光，摸索着回家。

偶尔有星星，就亮了许多，感觉到心里也有星星的光明。

如果是有月亮的时候，心里就整个沉淀下来，丝毫没有了对黑夜的恐惧。在南台湾，尤其是夏夜，月亮的光格外有辉煌的光明，能使整条山路都清清楚楚地延展出来。

乡下的月光是很难形容的，它不像太阳的投影是从外面来，它的光明犹如从草树、从街路、从花叶，乃至从屋檐下、墙垣内部微微地渗出，有时会误以为万事万物的本身有着自在的光明。假如夜深有雾，到处都弥漫着清气，萤火虫成群飞过，仿佛是月光所掉落出来的精灵。

每一种月光下的事物都有了光明，真是好！

更好的是，在月光底下，我们也觉得自己心里有着月亮、有着光明，那光明虽不如阳光温暖，却是清凉的，从头顶的发到脚尖的指甲都能感受到月的清凉。

走一段路，抬起头来，月亮总是跟着我们，照着我们。在童年的岁月里，我们心目中的月亮有一种亲切的生命，就如同有人提灯为我们引路一样。我们在路

上，月在路上；我们在山顶，月在山顶；我们在江边，月在江中；我们回到家里，月正好在家屋门前。

直到如今，童年看月的景象，以及月光下的乡村都还历历如绘。但对于月之随人却带着一丝迷思，月亮永远跟随我们，到底是错觉还是真实的呢？可以说它既是错觉，也是真实。由于我们知道月亮只有一个，人人却都认为月亮跟随自己，这是错觉；但当月亮伴随我们时，我们感觉到月亮是唯一的，只为我照耀，这是真实。

长大以后才知道，真正的事实是，每个人心中有一片月，它是独一无二、光明湛然的。当月亮照耀我们时，它反映着月光，感觉天上的月也是心中的月。在这个世界上，每个人心里都有月亮埋藏，只是自己不知罢了。只有极少数的人，在黑暗的时刻，仍然放散月的光明，那是知觉到自己就是月亮的人。

这是为什么禅宗把直指人心称为"指月"，指着天上的月教人看，见了月就应忘指；教化人心里都有月的光明，光明显现时就应舍弃教化。无非是标明了人心之月与天边之月是相应的、包容的，所以才说"千江有水千江月，万里无云万里天"。即使江水千条，条条里都有一轮明月。从前读过许多诵月的诗，有一些颇能说出"心中之月"的境界，例如王阳明的《蔽月山房》：

> 山近月远觉月小，便道此山大于月。
> 若人有眼大如天，当见山高月更阔。

确实，如果我们能把心眼放开到天一样大，月不就在其中吗？只是一般人心

眼小，看起来山就大于月了。还有一首是宋代理学家邵雍所写《清夜吟》：

月到天心处，风来水面时。

一般清意味，料得少人知。

月到天心，风来水面，都有着清凉明净的意味，只有微细的心情才能体会，一般人是不能知道的。

我们看月，如果只看到天上之月，没有见到心灵之月，则月亮只是极短暂的偶遇，哪里谈得上什么永恒之美呢？

所以回到自己，让自己光明吧！

晴窗一扇

登山界流传着一个故事，一个又美丽又哀愁的故事。

传说有一位青年登山家，有一次登山的时候，不小心跌落在冰河之中；数十年之后，他的妻子到那一带攀登，偶然在冰河里找到已经被封冻了几十年的丈夫。这位被埋在冰天雪地里的青年，还保持着他年轻时代的容颜，而他的妻子因为在尘世里，已经是两鬓飞霜年华老去了。

我第一次听到这个故事时，整个胸腔都震动起来，它是那么简短、那么有力地说出了人处在时间和空间之中确定是渺小的，有许多机缘巧遇正如同在数十年后相遇在冰河的夫妻。

许多年前，有一部电影叫《失去的地平线》，那里是没有时空的，人们过着无忧无虑的快乐生活。一天，一位青年在登山时迷路了，闯入了失去的地平线，并且在那里爱上一位美丽的少女。少女向往着人间的爱情，青年也急于要带少女回到自己的家乡，两人不顾大家的反对，越过了地平线的谷口，穿过冰雪封冻的大地，历尽千辛万苦才回到人间。不意在青年回头的那一刻，少女已经是满头银发，皱纹满布，风烛残年了。故事便在幽雅的音乐和纯白的雪地中揭开了哀伤的结局。

本来，生活在失去的地平线的这对恋侣，他们的爱情是真诚的，也都有创造将来的勇气，他们为什么不能有圆满的结局呢？问题发生在时空，一个处在流动的时空，一个处在不变的时空，在他们相遇的一刹那，时空拉远，就不免跌进了哀伤的迷雾中。

最近，台北在公演白先勇小说《游园惊梦》改编的舞台剧，我少年时代几次读《游园惊梦》，只认为它是一个普通的爱情故事，年岁稍长，重读这篇小说，竟品出浓浓的无可奈何。经过了数十年的改变，它不只是一个年华逝去的妇人对风华万种的少女时代的回忆，而是对时空流转之后人力所不能为的忧伤。时空在不可抗拒的地方流动，到最后竟使得"一朝春尽红颜老，花落人亡两不知"。

"时间"和"空间"这两道为人生织锦的梭子，它们的穿梭来去竟如此无情。

在希腊神话里，有一座不死不老的神仙们所居住的山，山口有一个大的关卡，把守这道关卡的就是"时间之神"，它把时间的流变挡在山外，使得那些神仙可以永葆青春，可以和山和太阳和月亮一样永恒不朽。

作为凡人的我们，没有神仙一样的运气，每天抬起头来，眼睁睁地看见墙上挂钟嘀嘀嗒嗒走动匆匆的脚步，即使坐在阳台上沉思，也可以看到日升、月落、风过、星沉，从远远的天外流过。有一天，我们偶遇到少年游伴，发现他略有几根白发，而我们的心情也微近中年了。有一天，我们突然发现院子里的紫丁香花开了，可是一趟旅行回来，花瓣却落了满地。有一天，我们看到家前的旧屋被拆了，可是过不了多久，却盖起一栋崭新的大楼。有一天……我们终于察觉，时间的流逝和空间的转移是如此地无情和霸道，完全没有商量的余地。

中国的民间童话里也时常描写这样的情景，有一个人在偶然的机缘下到了天上，或者游了龙宫，十几天以后他回到人间，发现人事全非，手足无措；因为"天上一日，世上一年"，他游玩了十数天，世上已过了十几年，十年的变化有多么大呢？它可以大到你回到故乡，却找不到自家的大门，认不得自己的亲人。贺知章的《回乡偶书》很能表达这种心情："少小离家老大回，乡音无改鬓毛衰。儿童相见不相识，笑问客从何处来？"数十年的离乡，甚至可以让主客易势呢！

佛家说的"色相是幻，人间无常"实在是参透了时空的真实，让我们看清一朵蓓蕾很快地盛开，而不久它又要凋落了。

《水浒传》的作者施耐庵在该书的自序里有短短的一段话："每怪人言，某甲于今若干岁。夫若干者，积而有之之谓。今其岁积在何许？可取而数之否？可见已往之吾，悉已变灭。不宁如是，吾书至此句，此句以前已疾变灭，是以可痛也。"（我常对于别人说"某甲现在若干岁"感到奇怪，若干，是积起来而可以保存的意思，而现在他的岁积存在什么地方呢？可以拿出来数吗？可见以往的我已经完全改变消失，不仅是这样，我写到这一句，这一句以前的时间已经很快改变消失，这是最令人心痛的。）正是道出了一个大小说家对时空的哀痛。

古来中国的伟大小说，只要我们留心，它讲的几乎全有一个深刻的时空问题，《红楼梦》的花柳繁华温柔富贵，最后也走到时空的死角；《水浒传》的英雄豪杰重义轻生，最后下场凄凉；《三国演义》的大主题是"天下大势分久必合，合久必分"；《金瓶梅》是色与相的梦幻湮灭；《镜花缘》是水中之月，镜中之花；《聊斋志异》是神鬼怪力，全是虚空；《西厢记》是情感的失散流离；《老残游记》更明显地道出了："眼看他起高楼，眼看他楼塌了。"

我们的文学作品里几乎无一例外的，说出了人处在时空里的渺小，可惜没有人从这个角度深入探讨，否则一定会发现中国民间思想对时空的递变有很敏感的触觉。西方有一句谚语："你要永远快乐，只有向痛苦里去找。"正道出了时空和人生的矛盾，我们觉得快乐时，偏不能永远，留恋着不走的，永远是那令人厌烦的东西……这就是在人生边缘上不时捉弄我们的时间和空间。

柏拉图写过一首两行的短诗：

你看着星吗，我的星星？

我愿为天空，得以无数的眼看你。

人可以用多么美的句子、多么美的小说来写人生，可惜我们不能是天空，不能是那永恒的星星，只有看着消逝的星星感伤的份儿。

有许多人回忆过去的快乐，恨不能与旧人重逢，恨不能年华停仁，事实上，却是天涯远隔，是韶光飞逝，即使真有一天与故人相会，心情也像在冰雪封冻的极地，不免被时空的箭射中而哀伤不已吧！日本近代诗人和泉式部有一首有名的短诗：

「时间」和「空间」
这两道为人生织锦的梭子
它们的穿梭来去
竟如此无情

心里怀念着人，

见了泽上的萤火，

也疑是从自己身体出来的梦游的魂。

我喜欢这首诗的意境，尤其"萤火"一喻，我们怀念的人何尝不是夏夜的萤火忽明忽灭，或者在黑暗的空中一转就远去了，连自己梦游的魂也赶不上，真是对时空无情极深的感伤了。

说到时空无边无尽的无情，它到终极会把一切善恶、美丑、雅俗、正邪、优劣都洗涤干净，再有情的人也丝毫无力挽救。那么，我们是不是就因此而失望颓丧、优柔不前呢？是不是就坐等着时空的变化呢？

我觉得大可不必，人的生命虽然渺小短暂，但它像一扇晴窗，是由自己小的心眼里来照见大的世界。

一扇晴窗，在面对时空的流变时飞进来春花，就有春花；飘进来萤火，就有萤火；传进秋声，就来了秋声；侵进冬寒，就有冬寒。闯进来情爱就有情爱，刺进来忧伤就有忧伤，一任什么事物到了我们的晴窗，都能让我们更真切地体验生命的深味。

只是既然是晴窗，就要有进有出，曾拥有的幸福，在失去时窗还是晴的；曾被打击的重伤，也有能力平复；努力维持着窗的晶明，如此任时空的梭子如百鸟之翔在眼前乱飞，也能有一种自在的心情，不致心乱神迷。

有的人种花是为了图利，有的人种花是为了无聊，我们不要成为这样的人，要真爱花才去种花——只有用"爱"去换"时空"才不吃亏，也只有心如晴窗的人才有真正的爱，更只有爱花的人才能种出最美的花。

来自心海的消息

几天前，我路过一座市场，看到一位老人蹲在街边，他的膝前摆了六条红薯，那红薯铺在面粉袋上，由于是紫红色的，令人感到特别美。

老人用沙哑的声音说："这红薯又叫山药，在山顶掘的，炖排骨汤很补，煮汤也可清血。"

我小时候常吃红薯，就走过去和老人聊天。原来老人住在坪林的山上，每天到山林间去掘红薯，然后搭客运车到城市的市场叫卖。老人的红薯一斤卖四十元，我说："很贵呀！"

老人说："一点也不贵，现在红薯很少了，有时要到很深的山里才找得到。"

我想到从前在物质匮乏的时候，我们也常到山上去掘野生的红薯，以前在乡下，红薯是粗贱的食物，没想到现在竟是城市里的珍品了。

买了一个红薯，足足有五斤半重，老人笑着说："这红薯长到这样大要三四年时间呢！"老人哪里知道，我买红薯是在买一些已经失去的回忆。

提着红薯回家的路上，看到许多人排队在一个摊子前等候，我好奇走上前去，才知道他们是在排队买番薯糕。

番薯糕是把番薯煮熟了，捣烂成泥，拌一些盐巴，捏成一团，放在锅子上煎

成两面金黄，内部松软，是我童年常吃的食物，没想到台北最热闹的市集，竟有人卖，还要排队购买。

我童年的时候家里非常贫困，几乎每天都要吃番薯，母亲怕我们吃腻，把普通的番薯变来变去，有几样番薯食品至今仍然令我印象深刻，一个就是番薯糕，看母亲把一块块热腾腾的、金黄色的番薯糕放在陶盘上端出来，至今仍然使我怀念不已。

另一种是番薯饼，母亲把番薯弄成签，裹上面粉与鸡蛋调成泥，放在油锅中炸，也是炸到通体金黄时捞上来。我们常在午后吃这道点心，孩子们围着大灶等候，一捞上来，边吃边吹气，还常烫了舌头，母亲总是笑骂："夭鬼！"

还有一种是在消夜时吃的，是把番薯切成丁，煮甜汤，有时放红豆，有时放凤梨，有时放点龙眼干。夏夜时，我们在庭前晒谷场围着听大人说故事，每人手里一碗番薯汤。

那样的时代，想起来虽然辛酸，却有一种难以言说的幸福。我父亲生前谈到那段时间的物质生活，常用一句话形容："一粒田螺煮九碗公汤！"

真实的智慧是
来自平常的生活
是心海的一种体现
如果能听闻到心海的消息
一切都是道

今天随人排队买一块十元的番薯糕，特别使我感念的是，为了让我们喜欢吃番薯，母亲用了多少苦心。

卖番薯糕的人是一位少妇，说她来自宜兰乡下，先生在台北谋生，为了贴补家用，想出来做点小生意，不知道要卖什么，突然想起小时候常吃的番薯糕，在糕里多调了鸡蛋和奶油，就在市场里卖起来了。她每天只卖两小时，天天供不应求。

我想，来买番薯糕的人当然有好奇的，大部分则基于怀念，吃的时候，整个童年都会从乱哄哄的市场寂静深刻地浮现出来吧！

"番薯糕"的隔壁是一位提着大水桶卖野姜花的老妇，她站的位置刚好使野姜花的香与番薯糕的香交织成一张网，我则陷入那美好的网中，看到童年乡野中野姜花那纯净的秋天！

这使我想起不久前，朋友请我到福华饭店去吃台菜，饭后叫了两个甜点，一个是芋仔饼，一个是炸香蕉，都是我童年常吃的食物。当年吃这些东西是由于芋头或香蕉生产过剩，根本卖不出去，母亲想法子让我们多消耗一些，免得暴殄天物。

没想到这两样食物现在成为五星级大饭店里的招牌甜点，价钱还颇不便宜，吃炸香蕉的人大概不会想到，一盘炸香蕉的价钱在乡下可以买到半车香蕉吧！

时代真是变了，时代的改变，使我们检证出许多事物的珍贵或卑贱、美好或丑陋，只是心的觉受而已，它并没有一个固定的面目，心如果不流转，事物的流转并不会使我们失去生命价值的思考，而心如果浮动，时代一变，价值观就变了。

克勤圆悟禅师去拜见真觉禅师时，真觉禅师正在生大病，膀子上生疮，疮烂了，血水一直流下来。圆悟去见他，他指着膀上流下的脓血说："此曹溪一滴法乳。"

圆悟大疑，因为在他的心中认定，得道的人应该是平安无事、欢喜自在，为什么这个师父不但没有平安，反而指说脓血是祖师的法乳呢？于是说："师父，

佛法是这样的吗？"真觉一句话也不说，圆悟只好离开。

后来，圆悟参访了许多当代的大修行者，虽然每个师父都说他是大根利器，他自己知道并没有开悟。最后拜在五祖法演的门下，把平生所学的都拿来请教五祖，五祖都不给他印可，他愤愤不平，背弃了五祖。

他要走的时候，五祖对他说："等你着一顿热病打时，方思量我在！"

满怀不平的圆悟到了金山，染上伤寒大病，把生平所学的东西全拿出来抵抗病痛，没有一样有用的，因此在病榻上感慨地发誓："我的病如果稍微好了，一定立刻回到五祖门下！"这时的圆悟才算真实地知道为什么真觉禅师把脓血说成是法乳了。

圆悟后来在五祖座下，有一次听到一位居士来向师父问道，五祖对他说："唐人有两句小艳诗与道相近：频呼小玉原无事，只要檀郎认得声。"居士有悟，五祖便说："这里面还要仔细参。"

圆悟后来问师父说："那居士就这样悟了吗？"

五祖说："他只认得声而已！"

圆悟说："既然说只要檀郎认得声，他已经认得声了，为什么还不是呢？"

五祖大声地说："如何是祖师西来意？庭前柏树子！去！"

圆悟心中有所省悟，突然走出，看见一只鸡飞上栏杆，鼓翅而鸣，他自问道："这岂不是声吗？"

于是大悟，写了一首偈：

金鸭香销锦绣帏，笙歌丛里醉扶归；

少年一段风流事，只许佳人独自知。

我很喜欢这个故事，特别是真觉对圆悟说自己的脓血就是曹溪的法乳，还有后来"见鸡飞上栏杆，鼓翅而鸣"的悟道。那是告诉我们，真实的智慧是来自平常的生活，是心海的一种体现，如果能听闻到心海的消息，一切都是道。番薯糕，或者炸香蕉，在童年穷困的生活与五星级大饭店的台面上，都是值得深思的。

圆悟曾说过一段话，我每次读了，都感到自己是多么庄严而雄浑，他说：

山头鼓浪，井底扬尘；

眼听似震雷霆，耳观如张锦绣。

三百六十骨节，一一现无边妙身；

八万四千毛端，头头彰宝王刹海。

不是神通妙用，亦非法尔如然；

苟能千眼顿开，直是十方坐断。

心海辽阔广大，来自心海的消息是没有五官，甚至是无形无相，用眼睛来听，以耳朵观照，在每一个骨节、每一个毛孔中都有庄严的宝殿呀！

夜里，我把紫红色的红薯煮来吃，红薯煮熟的质感很像汤圆，又软又糯，想起很久很久以前在晒谷子的庭院吃红薯汤，突然看见一只鸡飞上栏杆，鼓翅而鸣。

呀！这世界犹如少女呼叫情郎的声音那样温柔甜蜜，来自心海的消息看这现成的一切，无不显得那样珍贵、纯净而庄严！

以夕阳落款

开车走麦帅二桥，要下桥的时候，突然看到西边天最远的地方，有一轮紫红色饱满而圆润的夕阳。

那夕阳美到出乎我的意料，紫红中有一种温柔震慑了我的心，饱满而圆润则有一种张力，温暖了我连日来被误解的灰暗。

我突然感到舍不得，舍不得夕阳沉落。

我没有如平时一样，下桥的第三个红绿灯左转，而是直直地向西边的太阳开去。

我一边踩着油门，一边在心里赞美这城市里少见的秋日的夕阳之美，同时也为夕阳沉落的速度感到可惊。

仿如拿着滚轮滚下最陡的斜坡，连轮轴都没看清，滚轮已落在山脚。夕阳亦是如此，刚刚在桥上时还高挂在大楼顶方的红色圆盘，一坠一坠，迅即落入路的尽头。

就在夕阳落人不见的那一刹那，城市立即蒙上了一片灰色的黯影，我的心也像石头坠入湖心，石已不见，一波一波的涟漪却泛了起来。

我猛然产生了两个可怕的想法：我每天都在同一个时间走同一条路到学校接

孩子放学，为什么三个月来都没有看见美丽的夕阳？如果我曾看见夕阳，为什么三个月来完全没有感觉？

这两个想法使我忍不住悲哀。在前面的三个月，我就像一棵树，为了抵挡生命中突来的狂风暴雨，以免树下的几棵小树受伤，每日在风雨中摇来摇去，根本没有时间抬头看看蔚蓝的天空，更不用说一天只是短暂露脸的夕阳了。

我为自己感到悲伤，但更悲伤的是，想到这城市里，即使生命中没有风雨，也很少人能真心欣赏这美丽的夕阳吧！

每到黄昏时开车去接孩子，会打开收音机以排遣塞车的无聊，才渐渐发现，黄昏时刻几乎所有的电台都是论说的节目。抒情的、感性的节目，在下午四点以后就全部沦亡了。

论说的节目几乎无可避免地有一个共同的调子，就是批评，永不停止的批评。

我常常会想：在黄昏的时候，一天的工作已经结束，心情应该处在一种欢喜

我为自己的今天

盖下一个美丽的落款封印

并疼惜从前那些囿于世俗的

沦于形式的

僵于论说的

在无知与无意间

流逝的时光

与柔美的状态，沉浸于优美的音乐。然而却几乎所有的节目都在论说，永不停止地议论，是不是象征着整个城市在黄昏时美好的感觉也都沦亡了呢？

想要换个电台、换一种感觉，转来转去却转不出忧伤的心。最后，只好又转回我最喜欢的台北爱乐，一边听着优美的古典音乐，一边想着：如果在黄昏时刻，禁止论说，只准听音乐喝茶，看夕阳沉思，将是对这个城市的人最严重的惩罚吧！

那美丽的紫红夕阳，使我想起水墨画左下角的落款的印章。

如果我们的每一天是一幅画，应该尽心地着墨，尽情地上彩，尽力地美丽动人，在落款钤印的时候，才不会感到遗憾。对一幅画而言，论说是容易的，抒情是困难的；涂鸦是容易的，留白是困难的；签名是容易的，盖章是困难的。

但是，这个城市还有人在画水墨吗？还有人在每天黄昏，用庄严的心情为一幅水墨画落款吗？

看到夕阳完全沉落，我怅然地回转车子，有着橘子黄的光晕还余韵犹存地照在车上，惨白的街灯则已点燃，逐渐在黑幕里明晰。

我为自己的今天盖下一个美丽的落款封印，并疼惜从前那些囿于世俗的、沦于形式的、僵于论说的、在无知与无意间流逝的时光。

岁月当是明证

我们活的时候

真正感觉到自己

是存在的

岁月的脚步一走过

转眼便如云烟无形

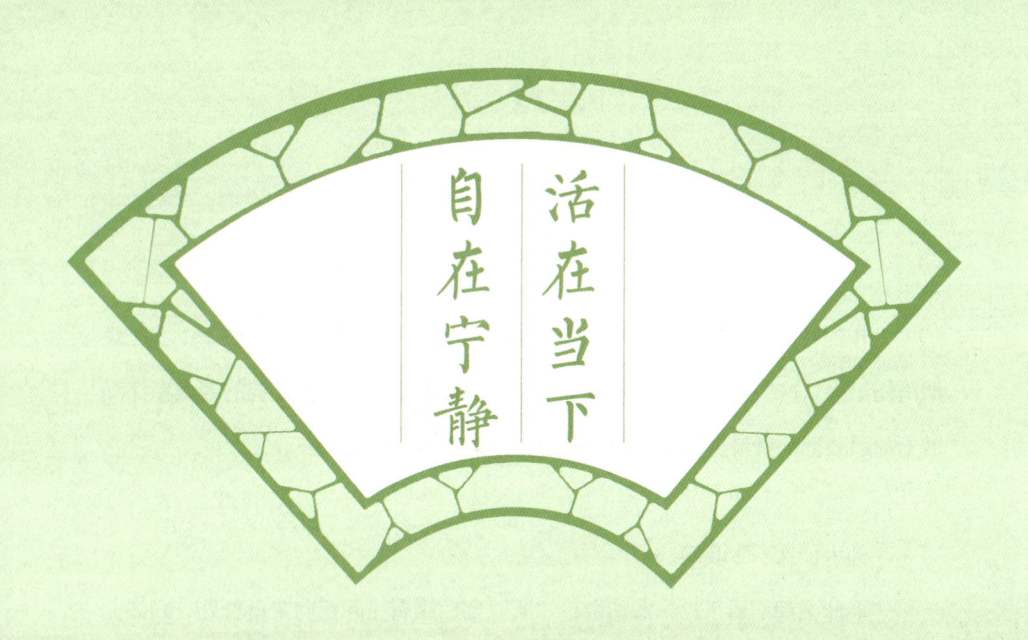

活在当下
自在宁静

温一壶月光下酒

逃情

幼年时在老家西厢房，姊姊为我讲东坡词，有一回讲到《定风波》中"一蓑烟雨任平生"这个句子时，让我吃了一惊，仿佛见到一个竹杖芒鞋的老人在江湖道上踽踽独行，身前身后都是烟雨弥漫，一条长路连到远天去。

"他为什么？"我问。

"他什么都不要了。"姊姊说，"所以到后来有'回首向来萧瑟处，归去，也无风雨也无情'之句。"

"这样未免太寂寞了，他应该带一壶酒、一份爱、一腔热血。"

"在烟中腾云过了，在雨里行走过了，什么都过了，还能如何？所谓'来往烟波非定居，生涯蓑笠外无余'，生命的事一经过了，再热烈也是平常。"

年纪稍长，才知道"竹杖芒鞋轻胜马，谁怕？一蓑烟雨任平生"的境界并不容易达致，因为生命中真是有不少不可逃不可抛的东西，名利倒还在其次，至少像一壶酒、一份爱、一腔热血都是不易逃的，尤其是情爱。

记得日本小说家武者小路实笃曾写过一个故事，传说有一个久米仙人，在尘世里颇为情苦，为了逃情，入山苦修成道，一天腾云游经某地，看见一个浣纱女足胫甚白，久米仙人为之目眩神驰，凡念顿生，飘忽之间，已经自云头跌下。可见逃情并不是苦修就可以得到。

我觉得"逃情"必须是一时兴到，妙手偶得，如写诗一样，也和酒趣一样，狂吟浪醉之际，诗涌如浆，此时大可以用烈酒热冷梦，一时彻悟。倘若苦苦修炼，可能达到"好梦才成又断，春寒似有还无"的境界，离逃情尚远，因此一见到"乱头粗服，不掩国色"的浣纱女就坠落云头了。

前年冬天，我遭到情感的大创剧痛，曾避居花莲逃情，繁星冷月之际与和尚们谈起尘世的情爱之苦，谈到凄凉处连和尚都泪不能禁。如果有人问我："世间情是何物？"我会答曰："不可逃之物。"连冰冷的石头相碰都会撞出火花来，每个石头中事实上都有火种，可见再冰冷的事物也有感性的质地，情何以逃呢？

人纵使能相忘于江湖

情却是比江湖更大的

情仿佛是一个大盆，再善游的鱼也不能游出盆中，人纵使能相忘于江湖，情却是比江湖更大的。

我想，逃情最有效的方法可能是更勇敢地去爱，因为情可以病，也可以治病。假如看遍了天下足胫，浣纱女再国色天香也无可奈何了。情者是堂堂巍巍，壁立千仞，从低处看是仰不见顶，自高处观是俯不见底，令人不寒而栗，但是如果在千仞上多走几遭，就没有那么可怖了。

理学家程明道曾与弟弟程伊川共同赴友人宴席，席间友人召妓共饮，伊川正襟危坐，目不斜视，明道则毫不在乎，照吃照饮。宴后，伊川责明道不恭谨，明道先生答曰："目中有妓，心中无妓！"这是何等洒脱的胸襟，正是"云月相同，溪山各异"，是凡人所不能致的境界。

说到逃情，不只是逃人世的情爱，有时候心中有挂也是情牵。有一回，暖香吹月时节与友在碧潭共醉，醉后扶上木兰舟，欲纵舟大饮，朋友说："也要楚天阔，也要大江流，也要望不见前后，才能对月再下酒。"死拒不饮，这就是心中有挂，即使挂的是楚天大江，终不能无虑，不能万情皆忘。

以前读《词苑丛谈》，其中有一段故事：

后周末，汴京有一石氏开茶坊，有一个乞丐来索饮，石氏的幼女敬而与之，如是者达一个月。有一天被父亲发现打了她一顿，她非但不退缩，反而供奉益谨。乞丐对女孩说："你愿喝我的残茶吗？"女嫌之，乞丐把茶倒一部分在地上，满室生异香，女孩于是喝掉剩下的残茶，一喝便觉神清体健。

乞丐对女孩说："我就是吕仙，你虽然没有缘分喝尽我的残茶，但我还是让你求一个愿望。"女只求长寿，吕仙留下几句话："子午当餐日月精，元关门户启还扃，长似此，过平生，且把阴阳仔细烹。"遂飘然而去。

这个故事让我体察到万情皆忘，"且把阴阳仔细烹"实在是神仙的境界，石姓少女已是人间罕有，还是忘不了长寿，忘不了嫌恶，最后仍然落空，可见情不但不可逃，也不可求。

年岁越长，越觉得苏东坡"一蓑烟雨任平生""也无风雨也无情"词意之不可得，想东坡也有"春色三分，二分尘土，一分流水。细看不是杨花，点点是离人泪"的情思；有"但愿人长久，千里共婵娟"的情愿；有"念故人老大，风流未减，空回首，烟波里"的情怨；也有"若待得君来向此，花前对酒不忍触。共粉泪，雨簌簌"的情冷，可见"一蓑烟雨任平生"只是他的向往。

情何以可逃呢？

煮雪

传说在北极的人因为天寒地冻，一开口说话就结成冰雪，对方听不见，只好回家慢慢地烤来听……

这是个极度浪漫的传说，想是多情的南方人编出来的。

可是，我们假设说话结冰是真有其事，也是颇有困难，试想：回家烤雪煮雪的时候要用什么火呢？因为人的言谈是有情绪的，煮得太慢或太快都不足以表达说话的情绪。

如果我生在北极，可能要为煮的问题烦恼半天，与性急的人交谈，回家要用大火煮烤；与性温的人交谈，回家要用文火。倘若与人吵架呢？回家一定要生个烈火，才能声闻当时哔哔剥剥的火爆声。

遇到谈情说爱的时候，回家就要仔细酿造当时的气氛，先用情诗情词裁冰，把它切成细细的碎片，加上一点酒来煮，那么，煮出来的话便能使人微醉。倘若情浓，则不可以用炉火，要用烛火再加一杯咖啡，才不会醉得太厉害，还能维持一丝清醒。

遇到不喜欢的人不喜欢的话就好办了，把结成的冰随意弃置就可以了。爱听的话则可以煮一半，留一半他日细细品尝，住在北极的人真是太幸福了。

但是幸福也不常驻，有时候天气太冷，火生不起来，是让人着急的，只好拿着冰雪用手慢慢让它融化，边融边听。遇到性急的人恐怕要用雪往墙上摔，摔得力小时听不见，摔得用力则声震屋瓦，造成噪音。

我向往北极说话的浪漫世界，那是个宁静祥和又能自己制造生活的世界，在我们这个到处都是噪音的时代里，有时候我会希望大家说出来的话都结成冰雪，回家如何处理是自家的事，谁也管不着。尤其是人多要开些无聊的会议时，可以把那块嘈杂的大雪球扔在家前的阴沟里，让它永远见不到天日。

斯时斯地，煮雪恐怕要变成一种学问，生命经验丰富的人可以依据雪的大小、成色，专门帮人煮雪为生。因为要煮得恰到好处和说话时恰如其分一样，确实不易。年轻的恋人则可以去借别人的"情雪"，借别人的雪来浇自己心中的块垒。

如果失恋，等不到冰雪尽融的时候，就放一把火把雪屋都烧了，烧成另一个春天。

温一壶月光下酒

煮雪如果真有其事，别的东西也可以留下，我们可以用一个空瓶把今夜的桂花香装起来，等桂花谢了，秋天过去，再打开瓶盖，细细品尝。

把初恋的温馨用一个精致的琉璃盒子盛装，等到青春过尽垂垂老矣的时候，掀开盒盖，扑面一股热流，足以使我们老怀甚慰。

这其中还有许多意想不到的情趣，譬如将月光装在酒壶里，用文火一起温来喝……此中有真意，乃是酒仙的境界。

有一次与朋友住在狮头山，每天黄昏时候在刻着"即心是佛"的大石头下开怀痛饮，常喝到月色满布才回到庙里睡觉，过着神仙一样的生活。最后一天我们都喝得有点醉了，携着酒壶下山，走到山下时顿觉胸中都是山香云气，酒气不知道跑到何方，才知道喝酒原有这样的境界。

有时候抽象的事物也可以让我们感知，有时候实体的事物也能转眼化为无形，岁月当是明证，我们活的时候真正感觉到自己是存在的，岁月的脚步一走过，

转眼便如云烟无形。但是，这些消逝于无形的往事，却可以拿来下酒，酒后便会浮现出来。

　　喝酒是有哲学的，准备许多下酒菜，喝得杯盘狼藉是下乘的喝法；几粒花生米、一盘豆腐干，和三五好友天南地北是中乘的喝法；一个人独斟自酌，举杯邀明月，对影成三人，是上乘的喝法。

　　关于上乘的喝法，春天的时候可以面对满园怒放的杜鹃细饮五加皮；夏天的时候，在满树狂花中痛饮啤酒；秋日薄暮，用菊花煮竹叶青，人与海棠俱醉；冬寒时节，则面对篱笆间的忍冬花，用蜡梅温一壶大曲。这种种，就到了无物不可下酒的境界。

　　当然，诗词也可以下酒。

　　俞文豹在《历代诗余引吹剑录》中谈到一个故事，提到苏东坡有一次在玉堂日，有一幕士善歌，东坡因问曰："我词何如柳七（即柳永）？"幕士对曰："柳郎中词，只合十七八女郎，执红牙板，歌'杨柳岸，晓风残月'。学士词，须关西大汉、铜琵琶、铁棹板，唱'大江东去'。"东坡为之绝倒。

　　这个故事也能引用到饮酒上来，喝淡酒的时候，宜读李清照；喝甜酒时，宜读柳永；喝烈酒，则大歌东坡词。其他如辛弃疾，应饮高粱小口；读放翁，应大口喝大曲；读李后主，要用马祖老酒煮姜汁到出怨苦味时最好；至于陶渊明、李太白则浓淡皆宜，狂饮细品皆可。

　　喝纯酒自然有真味，但酒中别掺物事也自有情趣。范成大在《骖鸾录》里提到："番禺人作心字香，用素茉莉未开者，着净器，薄劈沉香，层层相间封，日一易，

不待花薦，花过香成。"

我想，应做茉莉心香的法门也是掺酒的法门，有时不必直掺，斯能有纯酒的真味，也有纯酒所无的余香。我有一位朋友善做葡萄酒，酿酒时以秋天桂花围塞，酒成之际，桂香袅袅，直似天品。

我们读唐宋诗词，乃知饮酒不是容易的事，遥想李白当年斗酒诗百篇，气势如奔雷，作诗则如长鲸吸百川，可以知道这年头饮酒的人实在没有气魄。现代人饮酒讲格调，不讲诗酒。袁枚在《随园诗话》里提过杨诚斋的话："从来天分低拙之人，好谈格调，而不解风趣，何也？格调是空架子，有腔口易描，风趣专写性灵，非天才不辩。"

在秦楼酒馆饮酒作乐，这是格调，能把去年的月光温到今年才下酒，这是风趣，也是性灵，其中是有几分天分的。

《维摩经》里有一段天女散花的记载，正在菩萨为弟子讲经的时候，天女出现了，在菩萨与弟子之间遍撒鲜花，散布在菩萨身上的花全落在地上，散布在弟子身上的花却像糨糊那样粘在他们身上，弟子们不好意思，用神力想使它掉落也不掉落。仙女说：

"观菩萨花不着者，已断一切分别想故。譬如，人畏时，非人得其便。如是弟子畏生死故，色、声、香、味，触得其便也。已离畏者，一切五欲皆无能为也。结习未尽，花着身耳。结习尽者，花不着也。"

这也是非关格调，而是性灵。佛家虽然讲究酒、色、财、气四大皆空，我却觉得，喝酒到极处几可达佛家境界，试问，若能忍把浮名换作浅酌低唱，即使天女来散花也不能着身，荣辱皆忘，前尘往事化成一缕轻烟，尽成因果，不正是佛家所谓苦修深修的境界吗？

生活中美好的鱼

在金门的古董店里，我买到了一个精美的大铜环和一些朴素的陶制的坠子。

这是我从未见过的东西，使我感到疑惑。

古董店的老板告诉我，那是从前渔民网鱼的用具，陶制的坠子一粒一粒绑在渔网底部，以便下网的时候，渔网可以迅速垂入海中。

大铜环则是网眼，就像衣服的领子一样，只要抓住铜环提起来，整个渔网就提起来了，一条鱼也跑不掉。

夜里我住在梧江招待所，听见庭院里饱满的松果落下来的声音，就走到院子里去捡松果。秋天的金门，夜凉如水，空气清凉有薄荷的味道，星星月亮一如水晶，我突然想起韦应物的一首诗《秋夜寄丘员外》：

怀君属秋夜，

静步咏凉天。

空山松子落，

幽人应未眠。

想到诗人在秋天的夜晚，散步于薄荷一样凉的院子里，听见空山里松子落下的声音，想到那幽静的人应该与我一样在夜色中散步，还没有睡着吧！忽然感觉韦应物的这首诗不是寄给丘员外，而是飞过千里、穿越时间，寄来给我的吧！

回到房中，我把拾来的松果放在那铜环与陶坠旁边，觉得诗人的心与我的心十分接近。诗人、文学家、艺术家，乃至一切美的创造者，正是心里有铜环和陶坠的人。在茫茫的生命大海中，心灵的鱼在其中游来游去，一般人由于水深海阔看不见美好的鱼，或者由于粗心轻忽，鱼就游走了。

有美好心灵、细腻生活的人，则是把陶坠于深深沉入海中，由于铜环在手，波浪的涌动和鱼的游动都能了然于心，垂丝千尺，意在深潭，捕捉到那飘忽不定的思想的鱼、观点的鱼。

作为平凡人的喜乐，就是每天在平淡的生活里找到一些智慧的鱼，时时在凡俗的日子捞起一些美好的鱼。

让那些充满欲望与企图的人，倾其一生去追求伟大与成功吧！

让我们擦亮生命的铜环和生活的陶坠，每天有一点甜美、一点幸福的感情，就很好了。

夜里散散步，捡拾落下的松果，思念远方的朋友，回想生命的种种美好经验，这平淡无奇的生活，自有一种清明、深刻和远大呀！

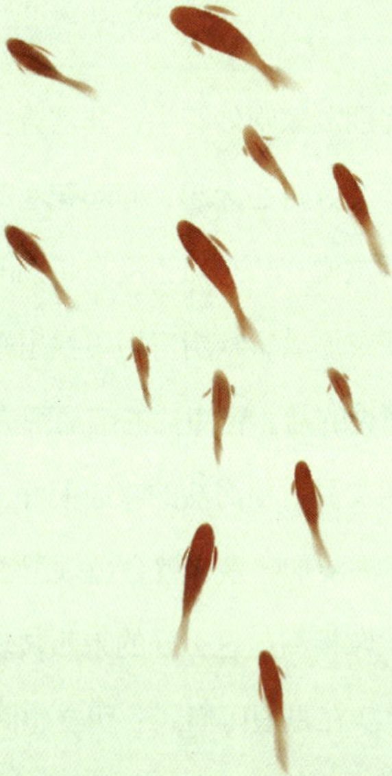

作为平凡人的喜乐
就是每天在平淡的生活里
找到一些智慧的鱼
时时在凡俗的日子
捞起一些美好的鱼

粗海盐

在朋友家吃炒花生，非常芳香好吃，与平常吃的花生大为不同。

不禁好奇心大起，问起花生的做法。

朋友说："一点也没有特别的技术，只是用粗海盐来炒罢了。"

朋友说着，从厨房柜里找出她所用的粗海盐，原来是我们小时候用的那种没有处理过的盐。粗海盐的结晶很大，像染了米色的冰糖一样。

朋友说，粗海盐的味道很好，营养丰富，煮菜的时候，只要加一点粗海盐，根本不需要加味素，就会齿颊留香了。

"像粗海盐这么好的东西被现代人舍弃，却用了味道不好、营养稀少的精盐取代，实在是很可惜。"朋友感慨地说。

这使我想起，从前有许多好东西，因为被看为"粗糙"而被舍弃了，不只海盐而已。曾经有一位朋友带一包糖蜜来送我，糖蜜是制造蔗糖第一道手续所熬出来的糖，黑色、呈蜜状，朋友说："只有这种糖蜜是有益身体的，像特级砂白的糖，对身体只有伤害。"

有一些老东西虽粗糙，却有非凡的价值，像我们许多年前穿的粗棉、粗麻布，

一直到现在，还是顶尖时装所追逐的。有一次去看三宅一生的最新时装，不仅是最粗的棉，还弄得皱褶不堪，我心里一叹：我小时候穿的面粉袋不就是这样吗?

特别是食物，越粗糙越有益健康，像糙米胜过白米，黑麦面包胜过白面包，天然食物胜过加工食品，我们不断地把食物做得精致，事实上是在为自己制造祸害。

在过度加工与过度精制的时代，我们产生了巨大的盲点，并把这些盲点传给下一代，误以为加工与精制是好的，那些传统的、天然的事物反而被舍弃了。

我们坐在朋友的三合院里，谈着"粗"与"细"的倒错，朋友突然站起来，走到厨房，慎重地拿了一包粗海盐出来，她说："这一包海盐送给你，你拿回去煮，就会发现食物的味道完全不同了。"

她的话里有庄严的气息，使我忍不住双手捧着那包海盐，内心涌着感动。

原来，一包海盐也可以当作最好的礼物送人，这世上的一切都如许珍贵呀!

武昌街的小调

有时候到重庆南路买书，总会不自觉地到武昌街去走一回。最近发现武昌街大大不同了，尤其在武昌街与沅陵街交口一带，现在热闹得连举步都感到困难。假日的时候要穿过沅陵市场，真是耐力大考验，即使是严冬，也会因人气的蒸腾而冒出满头大汗。

在那么热闹的地域，总觉得缺少着什么，至于少了什么则一时也想不清楚。有一次下雨，带孩子走过武昌街，正好有摊贩在叫卖小孩的帽子。掏钱买帽子的时候，猛然醒觉起来：这不是周梦蝶的书摊吗？怎么卖起小孩的衣帽鞋袜了？这时也才知道武昌街上缺乏的正是诗人周梦蝶。

长长的武昌街上少一个人多一个人是没有什么的，可是少的是周梦蝶就不同，整个武昌街于是少了味道，风格也改变了。

记得旧日周梦蝶在武昌街摆摊的时候，有时过去买两本书，小立一下，和周公闲聊几句；有时什么都不干，只是看剃了光头的诗人，包卷在灰布大袍内盘膝读经书，总觉得有一轮光晕在诗人的头颅以及书摊四周旋舞。最好是阳光斜照的清晨，阳光明媚的色泽映照着剪影一般的诗人消瘦的脊背，背景是花花绿绿的书背，呀，那几乎是一幅有音乐的图画了。

当时我们的年纪尚小，文学的道路迢遥幽渺，但是就在步行过武昌街的时候，所谓文学就成了一种有琉璃色泽的东西，带引着我们走。十几年前，武昌街就非常非常热闹了，可是总感觉周梦蝶坐的地方，方圆十尺都是十分十分安静的，所有的人声波浪在穿过他书摊的时候仿佛被滤过，变得又清又轻，在温柔里逸去。我常想，要怎么形容那样的感觉呢？那虽是尘世，周梦蝶却是以坐在高山上的姿势坐在那里；那虽是万蚁奔驰的马路，他的定力有如在禅房打坐；有时候我觉得他整个人是月光铸成的，在阳光下幽柔而清冷。

第一次见到诗人，是高中毕业上台北的那一年，那个时候周梦蝶和明星咖啡店都是如文学一样的招牌，许多成名的作家常不约而至在明星咖啡店聚集。明星咖啡店的灯光略嫌阴暗，木头地板走起来叩叩作响，如果说那样普通的咖啡店有什么吸引人的，就是文学了。因为文学，不管什么时候去，明星咖啡店都透着暖意。

偶尔，周公也会从他路边的摊子到明星里面来坐，来谈禅说诗，他的摊子从来不收拾，人就走开了，有初识的朋友担心他的书被偷，他就会猛然咧嘴而笑，说偷书是雅事，何必计较。周梦蝶爱吃甜品，寻常喝咖啡都要加五六匙糖，喝可乐亦然，真不知为了什么。有一个朋友说："吃得很甜很甜也是一种修炼。"

山有多高
月就有多小
云有多重
愁就有多深
而夕阳
夕阳只有一寸

我少年时代印象中的周梦蝶，就像一座掩隐在云雾里的远方的山，他几乎大部分时间是沉默的。有时候和一群朋友去找他谈天，中心人物应该是他，可是回家一想，才觉察到那一天里他说的话还不到三句，他是那样深深地沉默。

那么深的沉默使周梦蝶的身世如谜，甚至忘失了他原来的名字。只在谈话间慢慢知道，他曾做过图书管理员，结过婚，有过孩子，教过书，也当过兵。而他最近的一个职业是众人皆知的，就是武昌街上一家小小书摊的摆渡者。

我和周梦蝶不能算顶有缘，那是因为他太沉默，我又不是个健谈的人。我结婚的时候，他仍穿着他的灰布大褂，送了我两本书，一本是他亲自校过的诗集《还魂草》，一本是钱钟书的散文《写在人生边上》，还有一幅横披，写着一首诗《手套与爱》。从他一丝不苟的字看来，他即使对待普通的晚辈也是细致而用心的，他的字和他的人是一个路数，安静的、没有波动的，比印刷的还要工整。他写字和吃饭一样，他吃饭极慢极慢，有一次朋友忍不住问他："为什么吃饭那样慢？"他的回答是："不这样，就领略不出这一颗米和另一颗米不同的味道。"——这话从别的诗人口中出来不免矫情，但由周梦蝶来说，就自然而令人动容。

打老早，周梦蝶开书摊的时候，他就是很穷的，过着几乎难以想象的清淡生活。其实他可以过得好一点，但他说总七早八早就收摊，又常常有事就不卖了，遇到有心向学的青年还不忍赚钱，宁可送书。最主要的原因，是他卖的书全是经自己的慧眼挑选过的，绝不卖一些乱七八糟的东西，这个态度，使人走到他的书摊有如走入作家的书房，可卖的实在非常有限，自然就没有什么利润了。——一个有风格的人就是摆个书摊，还是表现了他的风格。

一九八一年，周梦蝶肠胃不适，住院开刀，武昌街的书摊正式结束，而武昌

街的调子也就寿终正寝了。他去开刀住院时仍是默默的，几乎没有惊动什么，如果不是特别细心的人，恐怕过武昌街时也不会发现少了一个书摊。对很多人来说，有时天上有月光或无月光是没有什么关系的。

周公原来就清贫，卖书收入菲薄，写诗的速度比吃饭更慢得惊人。他总的合起来，这一生只出版过两本诗集：《孤独园》和《还魂草》（后来《孤独园》挑出一部分与《还魂草》合并，以他的标准，只共出版了一册），虽说诗风独特，因为孤高幽深，影响力并不算大。生病了之后，生活陷入困境，一些朋友合起来捐钱给他，总数约有十一万元，生病好了以后，他就靠着十一万元借给朋友的利息两千元过日子。

如今最穷的学生，每个月花费也超过两千元，周公的生活更低于这个标准，他过什么样的日子可想而知。不幸的是，向他借钱的朋友做生意失败，把他仅有的十一万元都倒掉了。现在，他一个月连两千元都没有了。朋友当然都替他难过和不平，只有周公盘腿微笑不以为意，他把自己超拔到那样的境界，有若一株巨树，得失已如一些枯叶在四旁坠落，又何损于树呢？

周梦蝶自从在武昌街归隐，潜心于佛经，用心殊深，这两年来有时和年轻人讲经说法，才知道他读经书已有数十年了，他早时的诗句有许多是经书结出来的米粒，想来他写诗如此之慢如此之艰苦是有道理的，精读佛经的人要使用文字，不免戒慎恐惧起来，周公自不例外。但他近几年来勘破的世界更广大了，朋友传来一幅他的字，写着："一切法，无来处，无去处，无住处，如旋火轮，虽有非实，恨此意知之者少，故举世滔滔，无事自生荆棘者，数恒沙如也。"可知他最近的心情，有了这样的心情，还有什么能困惑着他呢？

记得他说过，算命的人算出他会活到六十岁，他今年已经六十八了，早活过大限，心如何能不定呢？

上个星期，朋友约我们去听周公"说法"，才想起我们已整整三年没见了。那一天也不能算是说法，是周梦蝶自己解释了一首一九七六年发表的诗《好雪，片片不落别处》，讲解每一句在经书里的来处，或者每一句说明了经书的哪个意旨，原来句句都有所本，更说明了诗人的苦心。那诗一共有三十三行，却足足讲了五个小时，每一行说开了几乎都是一本书了。

但我其实不是去听法的，我只是去看诗人，看到了诗人等于看到了武昌街，想到了武昌街等于回到了明星咖啡店，而回到明星咖啡店就是回到了我少年时代的一段岁月，那段岁月是点火轮不是旋火轮，是真真实实存在过的。当我看到周公仍是周公，大致如从前，心里就感到安慰了起来，座间的几个朋友也是少年时代的朋友，十几年就这样匆匆过去了。

当我听到周梦蝶用浓重的口音念出这两段诗：

生于冷养于冷壮于冷而冷于冷的

山有多高，月就有多小

云有多重，愁就有多深

而夕阳，夕阳只有一寸！

有金色臂在你臂上扶持你

有如意足在你足下导引你

憔悴的行人啊！

合起盂与钵吧

且向风之外，幡之外

认取你的脚印吧

真是深深地感动，人间不正是这样的吗？爬得越高，月亮就越小，云更重，愁就更深，而那天边巨大的夕阳，也只是短短的一寸，我们还求着什么呢？我们还求着有一天回到武昌街的时候，能看到周梦蝶的书摊吗？这个世界虽大，诗人摆摊子卖书的，恐怕也不多见吧！

向诗人告别的时候，我问起朋友，他现在依靠什么过日子。朋友说，诗人以前拿过枪杆子，是退伍军人，也算荣民，现在每个月可以领五六百元的退休俸。他就靠那五六百元过日子，有时会有一些稿费，但稿费一个月也不超过五六百元而已。——听了令人伤感，对于一位这样好的诗人，我们的社会给了他什么呢？

走在忠孝东路深夜的街巷，台北的细雨绵绵落着，街已经极空了，雨还这样冷，而且一时也没有停的样子，感觉上这种冷有一点北国的气味，我忍不住想起诗人的诗句："冷到这儿就冷到绝顶了""我们都是打这儿冷过来的""这雪的身世，在黑暗里，你只有认得它更清，用另一双眼睛"。

我在空冷的大街站定，抬头望着黑黑的天空，才真正绝望地知道：武昌街的小调已经唱完了。

武昌街的小调已经唱完了，岁月不行不到，越走越远。书摊不在，明星已暗，灯火在很早很早以前就已阑珊。

马蹄兰的告别

　　我在乡下度假，和几位可爱的小朋友在莺歌的尖山上放风筝，初春的东风吹得太猛，系在强韧钓鱼线上的风筝突然挣断了它的束缚，往更远的西边的山头飞去，它一直往高处往远处飞，飞离了我们痴望的视线。

　　那时已是黄昏，天边有多彩的云霞，那一只有各种色彩的蝴蝶风筝，在我们渺茫的视线里，恍惚飞进了彩霞之中。

　　"林大哥，那只风筝会飞到哪里呢？"小朋友问我。

　　"我不知道，你们以为它会飞到哪里？"

　　"我想它是飞到大海里了，因为大海最远。"一位小朋友说。

　　"不是，它一定飞到一朵最大的花里了，因为它是一只蝴蝶嘛！"另一位说。

　　"不是不是，它会飞到太空，然后在无始无终的太空里，永不消失，永不坠落。"最后一位说。

　　然后我们就坐在山头上想着那只风筝，直到夕阳都落入群山的怀抱，我们才踏着山路，沿着越来越暗的小径，回到我临时的住处。我打开起居室的灯，发现我的桌子上平放着一封从台北打来的电报，上面写着我的一位好友已经过世了，

七一

生命在沉静中
却慢慢地往远处走去
它有时飞得不见踪影
像一只鼓风而去的风筝

第二天早上将为他举行追思礼拜。我跌坐在宽大的座椅上出神，落地窗外已经几乎全黑了，只能模糊地看到远方迷离的山头。

那只我刚刚放着飞走的风筝以及小朋友讨论风筝去处的言语像小灯一样，在我的心头一闪一闪，它是飞到大海里了，因为大海最远；它一定飞到最大的一朵花里了，因为它是一只蝴蝶嘛；或者它会飞到太空里，永不消失，永不坠落。于是我把电报小心地折好，放进上衣的口袋里。

朋友生前是一个沉默的人，他的消失也采取了沉默的方式，他事先一点也没有消失的预象，在夜里读着一册书，扭熄了床头的小灯，就再也不醒了。好像是胡适说过："宁鸣而死，不默而生。"但他采取的是另一条路：宁默而死，不鸣而生。因为他是那样沉默，更让我感觉到他在春天里离去的忧伤。

夜里，我躺在床上读斯坦贝克的小说《伊甸之东》，讨论的是旧约里的一个章节，该隐杀死了他的兄弟亚伯，他背着忧伤见到了上帝，上帝对他说："罪就伏在门前。它必恋慕你，你却要制伏它。"你可以制伏，可是你不一定能制伏，因为伊甸园里，不一定全是纯美的世界。

我一夜未睡。

清晨天刚亮的时候，我就起身了，开车去参加朋友的告别式。春天的早晨真是美丽的，微风从很远的地方飘送过来，我踩紧油门，让汽车穿在风里发出嗖嗖的声音，两边的路灯急速地往后退去，荷锄的农人正要下田，去耕耘他们的土地。

路过三峡，我远远地看见一个水池里开了一片又大又白的花，那些花笔直地从地里伸张出来，非常强烈地吸引了我。我把车子停下来，沿着种满水稻的田埂往田中的花走去，那些白花种在翠绿的稻田里，好像一则美丽的传说，让人有一种说不出的落寞心情。

站在那一亩花田，我不知道那是什么花，雪白的花瓣只有一瓣，围成一个弧形，花心只是一根鹅黄色的蕊，从茎的中心伸出来。它的叶子是透明的翠绿，上面还停着一些尚未蒸发的露珠，美得触目惊心。

正在出神之际，来了一位农人，他到花田中剪花，准备去赶清晨的早市。我问他那是什么花，农人说是"马蹄兰"。仔细看，它们正像奔波在尘世里"嗒嗒"的马蹄，可是它不真是马蹄，也没有回音。

"这花可以开多久？"我问农人。

"如果不去剪它，让它开在土地上，可以开两三个星期，如果剪下来，三天就谢了。"

"怎么差别那么大？"

"因为它是草茎的，而且长在水里，长在水里的植物一剪枝，活的时间都是很短的，人也是一样，不得其志就活不长了。"

农人和我蹲在花田谈了半天，一直到天完全亮了。我要向他买一束马蹄兰，他说："我送给你吧！难得有人开车经过特别停下来看我的花田。"

我抱着一大把马蹄兰，它刚剪下来的茎还滴着生命的水珠，可是我知道，它的生命已经大部分被剪断了。它越是显得那么娇艳清新，我的心越是往下沉落。

朋友的告别式非常庄严隆重，到处摆满大大小小的白菊花，仍是沉默。我把一束马蹄兰轻轻放在遗照下面，就告别了出来。马蹄兰的幽静无语使我想起一段古话："旋岚偃岳而常静，江河竞注而不流，野马飘鼓而不动，日月历天而不周。"而生命呢？在沉静中却慢慢地往远处走去。它有时飞得不见踪影，像一只鼓风而去的风筝，有时又默默地被裁剪，像一朵在流着生命汁液的马蹄兰。

朋友，你走远了，我还能听到你的蹄声，在孤独的小径里响着。

青山元不动

我从来不刻意去找一座庙宇朝拜。

但是每经过一座庙，我都会进去烧香，然后仔细地看看庙里的建筑，读看到处写满的、有时精美得出乎意料的对联，也端详那些无比庄严、穿着金衣的神明。

大概是幼年培养出来的习惯吧！每次随着妈妈回娘家，总要走很长的路，有许多小庙神奇地建在那条路上，妈妈无论多急地赶路，必定在路过庙的时候进去烧一把香，或者喝杯茶，再赶路。

出门种作的清晨，爸爸都是在庙里烧了一炷香再荷锄下田的。夜里休闲时，也常和朋友在庙前饮茶下棋，到星光满布才回家。

我对庙的感应不能说是很强烈的，但却十分深长。在许许多多的庙中，我都能感觉到一种温暖的情怀，烧香的时候，就好像把自己的心情放在供桌上，烧完香整个人就平静了。

也许不能说只是庙吧，有时是寺，有时是堂，有时是神坛，反正是有着庄严神明的处所，与其说我敬畏神明，还不如说是一种来自心灵的声音，它轻浅地弹

茫茫自古今
往止无个畫

奏而触动着我，就像在寺庙前听着乡人夜晚弹奏的南管，我完全不懂得欣赏，可是在夏夜的时候聆听，仿佛看到天上的一朵云飘过，云后闪出几粒晶灿的星星，南管在寂静之夜的庙里就有那样的美丽。

新盖成的庙也有很粗俗的，颜色完全不谐调地纠缠不清，贴满了花草浓艳的艺术瓷砖，这使我感到厌烦。然而我一想到童年时看到如此颜色鲜丽的庙就禁不住欢欣跳跃，心情便接纳了它们，正如渴着的人并不挑拣茶具，只有那些不渴的人才计较器皿。

我的庙宇经验可以说不纯是宗教，而是感情的，好像我的心里随时准备了一片大的空地，把每座庙一一建起，因此庙的本身是没有意义的。记得我在学生时代，常常并没有特别的理由，也没有朝山进香的准备，就信步走进后山的庙里，在那里独坐一个下午，回来的时候就像改换了一个人，有快乐也沉潜了，有悲伤也平静了。

通常，山上或海边的庙比城市里的更吸引我，因为山上或海边的庙虽然香火寥落，往往有一片开阔的景观和天地。那些庙往往占住一座山或一片海滨最好的地势，让人看到最好的风景，最感人的是，来烧香的人大多不是有所求而来，仅是来烧香罢了，也很少人抽签，签纸往往发着黄斑或尘灰满布。

城市的庙不同，它往往局促一隅，近几年，因大楼的兴建更被围得完全没有天光。香火鼎盛的地方过分拥挤，有时烧着香，两边的肩膀都被拥挤的香客紧紧夹住了。最可怕的是，来烧香的人都是满脑子的功利，又要举家顺利，又要发大财，又要长寿，又要儿子中状元。我知道的一座庙里，没几天就要印制一次新的签纸，还是供应不及。如果一座庙只是用来求功名利禄，那么我们这些无求的、只是烧

香的人，还有什么值得去的呢？

去逛庙，有时也有意想不到的乐趣。有的庙是仅在路上捡到一个神明像就兴建起来的，有的是因为长了一棵怪状的树而兴建，有的是那一带不平安，大家出钱盖座庙。在台湾，山里或海边的庙宇盖成，大多不是事先规划设计，而是原来有一个神像，慢慢地一座座供奉起来；多是先只盖了一间主房，再向两边延展出去，然后有了厢房，有了后院；多是先种了几棵小树，后来有了遍地的花草；一座寺庙的宏规历尽百年还没有定型，还在成长着。因此使我特别有一种时间的感觉，它在空间上的生长，也印证了它的时间。

观庙烧香，或者欣赏庙的风景都是不足的，最好的庙是在其中有一位得道者，他可能是出家修炼许久的高僧，也可能是拿着一块抹布在擦拭桌椅的毫不起眼的俗家老人。在他空闲的时候，我们和他对坐，听他诉说在平静中得来的智慧，就像坐着听微风吹拂过大地，我们的心就在那大地里悠悠如诗地醒转。

如果庙中竟没有一个得道者，那座庙再好再美都不足，就像中秋夜里有了最美的花草而独缺明月。

我曾在许多不知名的寺庙中见过这样的人，在我成年以后，这些人成为我到庙里去最大的动力。当然我们不必太寄望有这种机缘，因为也许在几十座庙里才能见到一个，那是随缘！

最近，我路过新北市的三峡镇，听说附近有一座风景秀美的寺，便放下俗务，到那庙里去。庙的名字是"元亨堂"，上千个台阶全是用一级级又厚又结实的石板铺成，光是登石级而上就是几炷香的工夫。

庙庭前整个是用整齐的青石板铺成，上面种了几株细瘦而高的梧桐，和几丛竹子。从树的布置和形状，就知道不是凡夫所能种植的。庙的设计也是简单的几座平房，全用了朴素而雅致的红砖。

我相信那座庙是三莺一带最好的地势，站在庙庭前，广大的绿野蓝天和山峦尽入眼底，在绿野与山峦间一条秀气的大汉溪如带横过。庙并不老，现在能盖出这么美的庙，使我对盖庙的人产生了最大的敬意。

后来向在庙里洒扫的妇人打听，终于知道了盖庙的人。听说他是来自外乡的富家独子，一生下来就不能食荤的人，二十岁的时候发誓修行，便带着庞大的家产走遍北部各地，找到了现在的地方，他自己拿着锄头来开这片山，一块块石板都是亲自铺上的，一棵棵树都是自己栽植的，历经六十几年的时间才有了现在的规模；至于他来自哪一个遥远的外乡，他真实的名姓，还有他传奇的过去，都是人所不知，当地的人只称他为"弯仔师父"。

"他人还在吗？"我着急地问。

"还在午睡，大约一小时后会醒来。"妇人说。并且邀我在庙里吃了一餐美味的斋饭。

我终于等到了弯仔师父，他几乎是无所不知的人，八十几岁还健朗风趣，上自天文，下至地理，中谈人生，都是头头是道，让人敬服。我问他年轻时是什么愿力使他到三峡建庙，他淡淡地说："想建就来建了。"

谈到他的得道。

他笑了："道可得乎？"

叨扰许久，我感叹地说："这么好的一座庙，没有人知道，实在可惜呀！"

弯仔师父还是微笑，他叫我下山的时候，看看山门的那副对联。

下山的时候，我看到山门上的对联是这样写的：

青山元不动

白云自去来

那时我站在对联前面才真正体会到一位得道者的胸襟，还有一座好庙是多么的庄严，他们永远是青山一般，任白云在眼前飘过。我们不能是青山，让我们偶尔是一片白云，去造访青山，让青山告诉我们大地与心灵的美吧！

我不刻意去找一座庙朝拜，总是在路过庙的时候，忍不住地想：也许那里有着人世的青山，然后我跨步走进，期待一次新的随缘。

不紧急却重要的事

与朋友约好清晨一起去爬山，下山后到家里喝茶。

清晨出发前，突然接到他的电话："因为公司里有紧急的事，无法一起去爬山了。"

我只好像往常一样，单独去爬山，在山顶最高处的石头上坐定，看到台北东区的滚滚红尘，即使是清晨，在街头奔驰的汽车已经像接龙一样拥挤，从山上看起来，就像蝼蚁出洞。

这一群群的人、一排排的汽车，想必都是为了紧急的事在奔赴吧！相较起来，像登山、喝茶这些事，真的是太不紧急了。

我们为了太多紧急的事，只好牺牲看来不甚紧急的事，例如为了加班，牺牲应有的睡眠；为了业绩，牺牲吃饭时间；为了应酬，不能陪妻子散步；为了谋取职位，不能与朋友喝茶。

确实，紧急的事不能不做，奈何人生里紧急的事无穷无尽，我们的一生大半在紧急的应付中度过，到最后整个生活步调都变得很紧急了。

生命中有许多非常重要却一点也不紧急的事。

一个人如果在一天里
花八个小时在追逐
衣食与俗事上
是不是也能花八十分钟
来思考重要的事呢

像每天放松地静心，从容地冥想。

像愉快地吃一顿饭，品尝茶的芳香。

像在山林海边散步，欣赏山色与云的变化。

像听雨听泉听音乐，读人读爱读闲书。

像陪父母谈昔日温馨的往事，听孩子说童稚的笑话。

…… ……

重要的事很多是说之不尽，却被紧急的事挤掉了空间，生命的空间有限，当全被紧急占满时，就像一个停满了汽车却没有绿地的城市。

绿地是重要的，汽车是紧急的。

大树是重要的，大楼是紧急的。

白云是重要的，飞机是紧急的。

知足是重要的，欲望是紧急的。

宽心是重要的，医院是紧急的。

…… ……

一个人如果在一天里花八个小时在追逐衣食与俗事上，是不是也能花八十分钟来思考重要的事呢？如若不行，就从八分钟开始。

八分钟的觉悟、八分钟的静心、八分钟的专注、八分钟的放松、八分钟的忘我、八分钟的天人合一、八分钟的守真抱朴。

生命必会从这八分钟改变，每天的生活也就从容而有情趣了。

路上捡到一粒贝壳

午后，在仁爱路上散步。

突然看见一户人家院子里种了一棵高大的面包树，那巨大的叶子有如扇子，一扇扇地垂着，迎着冷风依然翠绿，一如在它热带祖先的雨林中。

我站在围墙外面，对这棵面包树十分感兴趣。那家人的宅院已然老旧，不过在这一带有着一个平房，必然是亿万富豪了。令我好奇的是这家人似乎非常热爱园艺，院子里有着许多高大的树木，园子门则是两株九重葛往两旁生而在门顶握手，使那扇厚重的绿门仿佛戴着红与紫两色的帽子。

绿色的门在这一带是十分醒目的。我顾不了礼貌的问题，往门隙中望去，发现除了树木，主人还经营了花圃，各色的花正在盛开，带着颜色在里面吵闹。等我回过神来，退了几步，发现寒风还鼓吹着双颊，才想起，刚刚往门内那一探，误以为真是春天来了。

脚下有一丝裂帛声，原来是踩在一张面包树的扇面了，叶子大如脸盆，却已裂成四片，我遂兴起了收藏一张面包树叶的想法，找到比较完整的一片拾起，意外，可以说非常意外地发现了，树叶下面有一粒粉红色的贝壳。把树叶与贝壳拾起，就离开了那户人家的门口。

但是，我已经不能专心地散步了。

冬天的散步，于我原有运动身心的功能，本来在身心上都应该做到无念和无求才好，可惜往往不能如愿。选择固定的路线散步，当然比较易于无念，只是每天遇到的行人不同，不免使我常思索起他们的职业或背景来，幸而城市中都是擦身而过的人，念起念息有如缘起缘灭，走过也就不会挂心了。一旦改变了散步的路线，初开始就会忙碌得不得了，因为新鲜的景物很多，念头也蓬勃，仿佛汽水开瓶一样，气泡兴兴灭灭地冒出来，念头太忙，回家来会使我头痛，好像有某种负担。还有一种情况，是很久没有走的路，又去走一次，发现完全不同了，这不同有几个原因，一个是自己的心境改变了，一个是景观改变了，还有一个重要原因，是季节更迭了，使我知道，这个世界是无常的因缘所集合而成，一切可见、可闻、可触、可尝的事物竟没有永久（或只是较长时间）的实体，一座楼房的拆除与重建只是比浮云飘过的时间长一点，终究也是幻化。

我今天的散步，就是第二种，是旧路新走。

这使我在尚未捡面包树叶与贝壳之前，就发现了不少异状。例如我记得去年的这个时间，安全岛的菩提树叶已经开始换装，嫩红色的小叶芽正在抽长，新鲜、

清明、美丽动人。今年的春天似乎迟了一些，菩提树的叶子，感觉竟是一叶未落，老得有一点乌黑，使菩提树看起来承受了许多岁月的压力。发现菩提树一直等待春天，使我也有些着急起来。

木棉花也是一样，应该开始落叶了，却尚未落。我知道，像雨降、风吹、叶落、花开、雷鸣、惊蛰都是依时序的缘升起，而今年的春天之缘，为什么比往年来得晚呢？

还看到几处正在赶工的大楼，长得比树快多了，不久前开挖的地基，已经盖到十楼了。从前我们形容春雨来时农田的笋子是"雨后春笋"，都市的楼房生长也是雨后春笋一样的。这些大楼的兴建，使这一带的面目完全改观，新开在附近的商店和一家超级啤酒屋，使宁静与绿意备受压力。

记忆最深刻的是路过一家新开幕的古董店，明亮橱窗最醒目的地方摆了一个巨大的白水晶原矿石，店家把水晶雕成一只台湾山猪正在被七只狼（或者狗）攻击的样子。为了突出山猪的痛苦，山猪的蹄子与头部是镶了白银的，咧嘴哀号，状极惊慌。标价自然十分昂贵，我一辈子一定不能储蓄到与那标价相等的金钱。把这么美丽而昂贵的巨大水晶（约有桌面那么大），却做了如此血腥而鄙俗的处理，竟使我生出了一丝丝恨意和巨大的怜悯，恨意是由雕刻中的残忍意识而生，怜悯是对于可能把这座水晶买回的富有的人。其实，我们所拥有和喜爱的事物无不是我们心的呈现而已。

如果我有一块如此巨大的水晶，我愿把它雕成一座春天的花园，让它有透明的香气；或者雕成一尊最美丽的观世音菩萨，带着慈悲的微笑，散放清明的光芒；或者雕几个水晶球，让人观想自性的光明；或者什么都不雕，只维持矿石本来的面目。

想了半天才叫了起来，忘记自己一辈子都不可能拥有这样的水晶，但这时我

知道不能拥有比可以拥有或已经拥有使我更快乐。有许多事物，"没有"其实比"持有"更令人快乐，因为许多的有，是烦恼的根本，而且不断地追求有，会使我们永远徘徊在迷惑与堕落的道路上。幸而我不是太富有，还能知道在人世中觉悟，不致被福报与放纵所蒙蔽。幸而我也不是太忙碌或太贫苦，还能在午后散步，兴趣盎然地看着世界。从污秽的心中呈现出污秽的世界，从清净的心中呈现出清净的世界，人的境况或有不同，若能保有清净的观照，不论贫富，事实上都不能转动他。

看看一个人的念头多么可怕，简直争执得要命，光是看到一块残忍的水晶雕刻，就使我跳跃出一大堆念头，甚至走了数百米完全忽视眼前的一切。直到心里一个声音对我说了一句话才使我从一大堆纷扰的念头醒来："那只是一块水晶，山猪或狼只是心的感受，就好像情人眼中的兰花是高洁的爱情，养兰者的眼中兰花总有个价钱，而武侠小说里，兰花常常成为杀手冷酷的标志。其实，兰花，只是兰花。"

从念头惊醒，第一眼就看到面包树，接下来的情景如同上述。拿着树叶与贝壳的我也茫然了。

尤其是那一粒贝壳。

这粒粉红色的贝壳虽然新而完好，但不是百货公司出售的那种经过清洗磨光的贝壳。由于我曾在海边住过，可以肯定贝壳是从海岸上捡来不久，还带有海水的气息。奇特的是，海边捡来的贝壳是如何掉落到仁爱路的红砖道上的？或者是无心的遗落，例如跑步时从口袋里掉出来的？或者是有心的遗落，例如是情人馈赠而爱情已散？或者是……有太多的或者是，没有一个是肯定的答案。唯一肯定的是，贝壳，终究已离开了它的海边。

人生活在某时某地，真如贝壳偶然落在红砖道上，我们不知道从哪里、为何、

来到这个世界，然后不能明确说出原因就迁徙到这个都市，或者说是飘零到这陌生之都。

"我为什么来到这世界？"这句话使我在无数的春天中辗转难眠，答案是渺不可知的，只能说是因缘的和合，而因缘深不可测。

贝壳自海岸来，也是如此。

一粒贝壳，也使我想起在海岸居住的一整个春天，那时我还那么年少，有浓密的黑发，怀抱着爱情的秘密，天天坐在海边沉思。到现在，我的头发和爱情都有如退潮的海岸，露出它平滑而不会波动的面目。少年的我还在哪里呢？那个春天我没有拾回一粒贝壳，没有拍过一张照片，如今竟已完全遗失了一样。偶尔再去那个海岸，一样是春天，却感觉自己只是海面上的一个浮沤，一破，就散失了。

世间的变迁与无常是不变的真理，随着因缘的改变而变迁，不会单独存在，不会永远存在，我们的生活有很多时候只是无明的心所映现的影子。因此，我们可以这样说，少年的我是我，因为我是从那里孕育，而少年的我也不是我，因为他已在时空中消失。正如贝壳与海的关系，我们从一粒贝壳可以想到一片海，甚至与海有关的记忆，竟然这粒贝壳是在红砖道上拾到，与海相隔那么遥远！

想到这些，差不多已走到仁爱路的尽头了。我感觉到自己有时像个狂人，时常和自己对话不停，分不清是在说些什么。我忆起父亲生前有一次和我走在台北街头突然说："台北人好像猖仔，一天到暗在街仔赖赖趄。"翻成国语是："台北人好像神经病，一天到晚在街头乱走。"我有时觉得自己是猖仔之一，幸而我只是念头忙碌，并没有像逛街者听见换季打折一般，因欲望而狂乱奔走。而且我走路也维持了乡下人稳重谦卑的姿势，不像台北那些冲锋陷阵或龙行虎步的人，显得轻躁带着狂性。

我尤其不喜欢台北的冬天，不断的阴雨，包裹着厚衣的人在拥挤的街道，有如撞球台上的圆球撞来撞去。春天来就会好些，会多一些颜色、多一点生机，还有一些悠闲的暖气。

回到家把树叶插在花瓶，贝壳放在案前，突然看到桌上的皇历，今天竟是立春了：

"立春：斗指东北为立春，时春气始至，四时之卒始，故名立春也。"

我知道，接下来会有雨水、惊蛰、春分、清明、谷雨，台北的菩提树叶会换新，而木棉与杜鹃会如去年盛开。

岁月就像那样

我们眼睁睁地看自己的往事

在面前一点点淡去

而我们的前景反而在背后

一滴一滴淡出

我们不知道下一站在何处落脚

甚至不知道后面的视野怎么样

只能走一步算一步

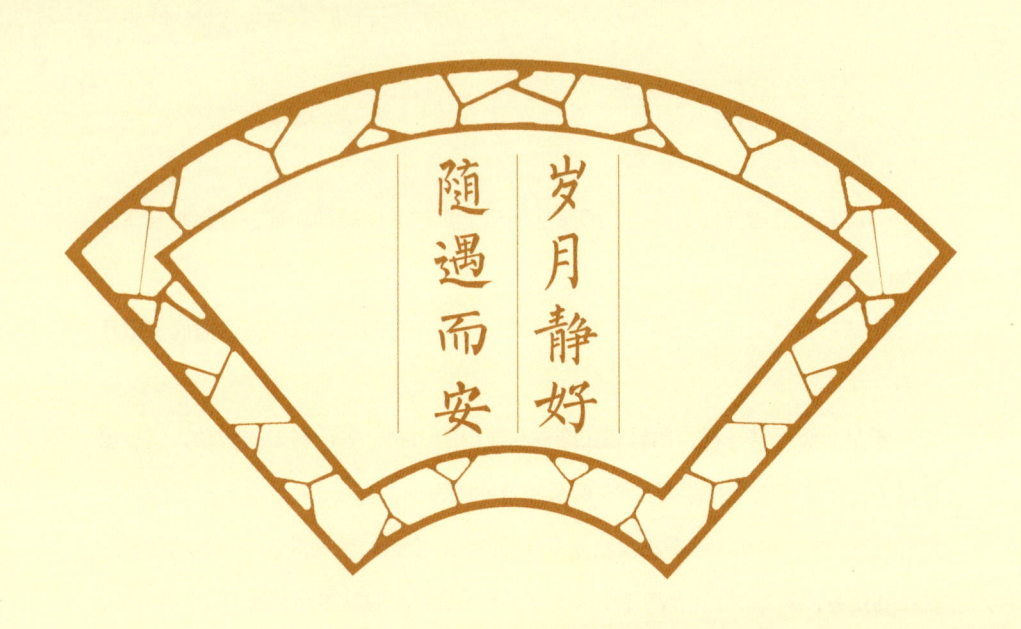

岁月静好
随遇而安

迷路的云

　　一群云朵自海面那头飞起，缓缓从他头上飘过。他凝神注视，看那些云飞往山的凹口。

　　他感觉着海上风的流向，判断那群云朵必会穿过凹口，飞向另一海面夕阳悬挂的位置。

　　于是，像平常一样，他斜躺在维多利亚山的山腰，等待着云的流动，偶尔也侧过头，看努力升上山的铁轨缆车叽叽喳喳地向山顶上开去。每次如此坐看缆车，他总是感动着，这是一座多么美丽而有声息的山，沿着山势盖满色泽高雅的别墅。站在高处看，整个香港九龙海岸全入眼底，可以看到海浪翻滚而起的浪花。远远地，那浪花有点像记忆里海岸的蒲公英，随风一四散，就找不到踪迹。

　　记不得什么时候开始爱这样看云，下班以后，他常信步走到维多利亚山车站，买了票，孤单地坐在右侧窗口的最后一个位置，随车升高。缆车道上山势多变，不知道下一刻会有什么样的视野。有时视野平朗了，以为下一站可以看得更远，下一站却被一株大树挡住了；有时又遇到一座数十层高的大厦横挡视线。由于那样多变的趣味，他才觉得自己是幽邈的存在，并且感到自身存在的那种腾空的快感。

他很少坐到山顶，因为不习惯山顶上那座名叫"太平阁"的大楼里吵闹的人声，通常在山腰就下了车，找一处僻静的所在，能抬眼望山，能放眼看海，还能看云看天空，看他居住了二十年的海岛和小星星一样罗列在港九周边的小岛。

好天气的日子，可以远望到海边豪华的私人游艇靠岸，在港九渡轮的噗噗声中，仿佛能听到游艇上的人声与笑语。在近处，有时候英国富豪在宽大翠绿的庭院里大宴宾客，红粉与鬓影有如一谷蝴蝶在花园中飞舞，黑发的中国仆人端着鸡尾酒，穿黑色西服打黑色蝴蝶领结，忙碌穿梭找人送酒，在满谷有颜色的蝴蝶中，如黑夜的一只蛾，奔波地找着有灯的所在。

如果天阴，风吹得猛，他就抬头专注地看奔跑如海潮的云朵，一任思绪飞奔：云是夕阳与风的翅膀，云是闪着花蜜的白蛱蝶；云是秋天里白茶花的颜色，云是岁月里褪了颜色的衣袖；云是惆怅淡淡的影子，云是越走越遥远的橹声；云是……云有时候甚至是天空里写满的朵朵挽歌！

少年时候他就爱看云，那时候他家住在台湾新竹，冬天的风城，风速是很激烈的，云比别的地方来得飞快，仿佛赶着去赴远地的约会。放学的时候，他常捧

云是夕阳与风的翅膀

云是闪着花蜜的白蛱蝶

云是秋天里白茶花的颜色

云是岁月里褪了颜色的衣袖

云是惆怅淡淡的影子

云是越走越遥远的橹声

着书坐在碧色的校园，看云看得痴了。那时他随父亲经过一长串逃难的岁月，惊魂甫定，连看云都会忧心起来，觉得年幼的自己是一朵平和的白云，由于强风的吹袭，竟自与别的云推挤求生，匆匆忙忙地跑着路，却又不知为何要那样奔跑。

更小的时候，他的家乡在杭州，但杭州几乎没有给他留下什么印象，只记得离开的前一天，母亲忙着为父亲缝着衣服的暗袋，以便装进一些金银细软，他坐在旁边，看母亲缝衣。本就沉默的母亲不知为何落了泪，他觉得无聊，就独自跑到院子中，呆呆看天空的云，记得那一日的云是黄黄的琥珀色，有些老，也有些冰凉。

是因为云的印象吧！他读完大学便急急想留学，他是家族留下的唯一男子，父亲本来不同意他远行，后来也同意了，那时留学好像是青年的必经之路。

出国前夕，父亲在灯下对他说："你留学也好，可以顺便打听你母亲的消息。"然后父子俩红着眼互相对望，一句话也说不出口。

他看到父亲高大微偻的背影转出房间，自己支着双颊，感觉到泪珠滚烫进出，流到下巴的时候却是凉了，冷冷地，落在玻璃桌板上，四散流开。那一刻他才体会到父亲同意他留学的心情，原来还是惦记着留在杭州的母亲。父亲已不止一次忧伤地对他重复，离乡时曾向母亲允诺："我把那边安顿了就来接你。"他仿佛可以看见青年的父亲从船舱中含泪注视着家乡在窗口里越小越远，他想，倚在窗口看浪的父亲，目光定是一朵一朵撞碎的浪花。那离开母亲的心情，应是留学前夕与他面对时相同的情绪吧！

初到美国那几年，他确实想尽办法打听母亲的消息，但印象并不明晰的故乡如同迷蒙的大海，完全得不到一点回音。他的学校在美国北部，每年冬季冰雪封冻，

由于等待母亲的音讯，他觉得天气格外冷冽。拿到学位那年夏天，在毕业典礼上看到各地赶来的同学家长，他突然想到在新竹的父亲和在杭州的母亲，在晴碧的天空下，同学为他拍照时，他险险冷得落下泪来，不知道为什么就绝望了与母亲重逢的念头。

也就在那一年，父亲遽然去世，他千里奔丧，竟未能见到父亲的最后一面，只从父亲的遗物里找到了一帧母亲年轻时代的相片。那时的母亲长相秀美，挽梳着乌云光泽的发髻，穿一袭几乎及地的旗袍，有一种旧中国的美。他原想把那帧照片放进父亲的坟里，最后还是将它收进自己的行囊，作为对母亲的一种纪念。

他寻找母亲的念头因那帧相片又复活了。

美国经济不景气的那几年，他像一朵流浪的云一再被风追赶着换工作，并且经过了一次失败而苍凉的婚姻，母亲的黑白旧照便成为他生命里唯一的慰藉。他的美国妻子离开他时说："你从小没有母亲，根本不知道怎么和女人相处；你们这一代中国人，一直过着荒谬的生活，根本不知道怎样去过一个人最基本的生活。"这话常随着母亲的照片在黑夜的孤单里鞭笞着他。

他决定来香港，实在是一个偶然的选择，公司在香港正好有缺，加上他对寻找母亲还有着梦一样的向往，最重要的原因是：如果他也算是有故乡的人，在香港，两个故乡离他都很近了。

"文革"以后，通过朋友寻找，联络到他老家的亲戚，他才知道母亲早在五年前就去世了。朋友带出来的母亲遗物里，有一帧他从来未见过的父亲青年时代着黑色西装的照片。考究的西装、自信的笑容，与他后来记忆中的父亲有着相当遥远的距离。那帧照片里的父亲，和他像一个人的两个影子，是那般相似，父亲

曾经有过那样飞扬的姿容，是他从未料到的。

他看着父亲青年时代有神采的照片，有如隔着迷蒙的毛玻璃，看着自己被翻版的脸。他不仅影印了父亲的形貌，也继承了父亲一生在岁月之舟里流浪的悲哀。那种悲哀，拍照时犹是青年的父亲所料不到的，也是他在中年以前还不能感受到的。

他决定到母亲的坟前祭拜。

火车越近杭州，他越是有一种逃开的冲动，因为他不知道在母亲的坟前，自己是不是承受得住。看着窗外飞去的影物，是那样陌生，灰色的人群也是影子一样，看不真切。下了杭州车站，月台上因随地吐痰而凝结成的斑痕使他几乎找不到落脚的地方。这就是日夜梦着的自己的故乡吗？他靠在月台的柱子上冷得发抖，而那时正是杭州燠热的夏天正午。

他终究没有找到母亲的坟墓，因为当时大多数人都是草草落葬，连个墓碑都没有，他只有跪在最可能埋葬母亲的坟地附近，再也按捺不住，仰天哭号起来，深深感觉到作为人的无所归依的寂寞与凄凉，想到妻子丢下他时说的话，这一代中国人，不但没有机会过一个人最基本的生活，甚至连墓碑上的一个名字都找不到。

他没有立即离开故乡，甚至还依照旅游指南去了西湖，去了岳王庙，去了灵隐寺、六和塔和雁荡山。那些在他记忆里不曾存在的地方，他却肯定在他儿时，父母亲曾牵手带他走过。

印象最深的是他到飞来峰看石刻，有一尊肥胖的笑得十分开心的弥勒佛，是刻于后周广顺年间的，佛像斜躺在巨大的石壁里，挺着肚皮笑了一千多年。那里有一副对联："泉自冷时冷起，峰从飞处飞来。"传说"飞来峰"原是天竺灵鹫山的小岭，不知何时从印度飞来杭州。他面对笑着的弥勒佛，痛苦地想起了父母亲的后半生。一座山峰都可以飞来飞去，人间的漂泊就格外地渺小起来。在那尊

佛像前，他独自坐了一个下午，直到看不见天上的白云，斜阳在峰背隐去，才起身下山，在山阶间重重地跌了一跤。那一跤这些年都在他的腰间隐隐作痛，每想到一家人的离散沉埋，腰痛就从那跌落的一处迅速窜满他的全身。

香港平和的生活并没有使他的伤痕在时间里平息，他有时含泪听九龙开往广州最后一班火车的声音，有时鼻酸地想起他成长起来的新竹，两个故乡，使他知道香港是个无根之地，和他的身世一样找不到落脚的地方。他每天在地下铁里看着拥挤着涌向出口奔走的行人，好像自己就埋在五百万的人潮中，流着流着流着，不知道要往何处去——那感觉还是看云，天空是潭，云是无向的舟，应风而动，有的朝左流动，有的向右奔跑，有的则在原来的地方画着圆弧。

即使坐在港九渡轮上，他也习惯站在船头，吹着海面上的冷风，因为在那平稳的渡轮上如果不保持清醒，也将成为一座不能确定的浮舟，明明港九是这么近的距离，但父亲携他离乡时不也是坐着轮船的吗？港九的人已习惯了从这个渡口到那个渡口，但他经过乱离，总隐隐有一种恐惧，怕那渡轮突然在一个不知名的地方靠岸。

"香港仔"也是他爱去的地方，那里疲惫生活着的人使他感受到无比真实，一长列重叠靠岸的白帆船，总不知要航往何处。有一回，他坐着海洋公园的空中缆车俯望海面远处的白帆船，白帆张扬如翅，竟使他有一种悲哀的幻觉，港九正像一艘靠在岸上可以乘坐五百万人的帆船，随时要启航，而航向未定。

海洋公园里有几只表演的海豚是台湾澎湖来的，每次他坐在高高的看台上欣赏海豚表演，就回到他年轻时代在澎湖服役的情形。他驻防的海边，时常有大量的海豚游过，一直是渔民财富的来源。他第一次从营房休假外出到海边散步，就

遇到海岸上一长列横躺的海豚，那时潮水刚退，海豚尚未死亡，背后颈脖上的气孔一张一闭，吞吐着生命最后的泡沫。他感到海豚无比美丽，它们有着光滑晶莹的皮肤，背部是蔚蓝色，像无风时的海洋；腹部几近纯白，如同海上浮起的浪花；有的怀了孕的海豚，腹部是晚霞一般含着粉红的琥珀色。

渔民告诉他，海豚是胆小聪明善良的动物，渔民用锣鼓在海上围打，追赶它们进入预置好的海湾，等到潮水退出海湾，它们便暴晒在滩上，等待着死亡。有那运气好的海豚，被外国海洋公园挑选去训练表演，大部分的海豚则在海边喘气，然后被宰割，贱价卖去市场。

他听完渔民的话，看着海边一百多条美丽的海豚，默默做着生命最后的呼吸，忍不住蹲在海滩上将脸埋进双手，感觉到自己的泪濡湿了绿色的军服，也落到海豚等待死亡的岸上。不只为海豚而哭，想到他正是海豚晚霞一般的腹里的生命，一生出来就已经注定了开始的命运。

这些年来，父母相继过世，妻子离他远去，他不止一次想到死亡，最后救他的不是别的，正是他当军官时蹲在海边看海豚的那一幕，让他觉得活着虽然艰难，到底是可珍惜的。他逐渐体会到母亲目送他们离乡前夕的心情，在中国人的心灵深处，别离的活着甚至胜过团聚着等待死亡的噩运。那些聪明有着思想的海豚何尝不是这样希望自己的后代回到广阔的海洋呢？

他坐在海洋公园的看台上，每回都想起在海岸喘气的海豚，几乎看不见表演，几次都是海豚高高跃起时被众人的掌声惊醒，身上全是冷汗。看台上笑着的香港人所看的是那些外国公园挑剩的海豚，那些空运走了的则在小小的海水表演池里接受着求生的训练，逐渐忘记那些在海岸上喘息的同类，也逐渐失去它们曾经拥有的广大的海洋。

澎湖的云是他见过的最美的云，在高高的晴空上，云不像别的地方松散飘浮，每一朵都紧紧凝结，如握紧的拳头，而且它们几近纯白，没有一丝杂质。

香港的云也是美的，但美在松散零乱，没有一个重心，它们像海洋公园的海豚，因长期豢养而肥胖了。也许是海风的关系，香港的云朵飞行的方向也不确定，常常右边的云横着来，而左边的云却直着走了。

毕竟他还是躺在维多利亚山看云，刚才他所注视的那群云朵，正在通过山的凹处，一朵一朵有秩序地飞进去，不知道为什么跟在最后的一朵竟离开云群有些远了，等到所有的云都通过山凹，那一朵却完全偏开了航向，往岔路绕着山头，也许是黄昏海面起风的关系吧！那云越离越远，向不知名的所在奔去。

这是他看云极少有的现象，那最后的一朵云为何独独不肯顺着前云飞行的方向？它是在抗争什么的吧！或者它根本就仅仅是迷路的一朵云！顺风的云像写好的一首流浪的歌曲，而迷路的那朵就像滑得太高或落得太低的一个音符，把整首稳定优美的旋律，带进一种深深孤独的错误里。

夜色逐渐涌起，如茧一般包围着那朵云，慢慢地，慢慢地，将云的白吞噬了，直到完全看不见了。他忧郁地觉得自己正是那朵云，因为迷路，连最后的抗争都被淹没了。

坐铁轨缆车下山时，港九遥远辉煌的灯火已经亮起，在向他招手，由于车速，冷风从窗外掼着他的脸，他一抬头，看见一轮苍白的月亮，剪贴在墨黑的天空，在风里是那样不真实。回过头，在最后一排靠右的车窗玻璃，他看见自己冰凉的流泪的侧影。

松子茶

朋友从韩国来，送我一大包生松子，我还是第一次看到生的松子，晶莹细白，颇能想起"空山松子落，幽人应未眠"那样的情怀。

松子给人的联想自然有一种高远的境界，但是经过人工采撷、制造过的松子是用来吃的，怎么样来吃这些松子呢？我想起饭馆里面有一道炒松子，便征询朋友的意见，要把那包松子下油锅了。

朋友一听，大惊失色："松子怎么能用油炒呢？"

"在台湾，我们都是这样吃松子的。"我说。

"罪过，罪过。这包松子看起来虽然不多，你想它是多少棵松树经过冬雪的锻炼才能长出来的呢？用油一炒，不但松子味尽失，而且也损伤了我们吃这种天地精华的原意了。何况，松子虽然淡雅，仍然是油性的，必须用淡雅的吃法才能品出它的真味。"

"那么，松子应该怎么吃呢？"我疑惑地问。

"即使在生产松子的韩国，松子仍然被看作珍贵的食品，松子最好的吃法是泡茶。"

"泡茶？"

"你烹茶的时候，加几粒松子在里面，松子会浮出淡淡的油脂，并生松香，使一壶茶顿时津香润滑，有高山流水之气。"

当夜，我们便就着月光，在屋内喝松子茶，果如朋友所说的，极平凡的茶加了一些松子就不凡起来了。那种感觉就像在遍地的绿草中突然开起优雅的小花，并且闻到那花的香气，我觉得，以松子烹茶，是最不辜负这些生长在高山上历经冰雪的松子了。

"松子是小得不能再小的东西，但是有时候，极微小的东西也可以做情绪的大主宰。诗人在月夜的空山听到微不可辨的松子落声，会想起远方未眠的朋友，我们对月喝松子茶也可以说是独尝异味，尘俗为之解脱。我们一向在快乐的时候觉得日子太短，在忧烦的时候又觉得日子过得太长，完全是因为我们不能把握像松子一样存在我们生活四周的小东西。"朋友说。

朋友的话十分有理，使我想起人自命是世界的主宰，但是人并非这个世界唯一的主人。就以经常遍照的日月来说，太阳给了万物生机和力量，并不单给人们照耀；而在月光温柔的怀抱里，虫鸟鸣唱，不让人在月下独享。即使是一粒小小松子，也是吸取了日月精华而生，我们虽然能将它烹茶、下锅，但不表示我们比松子高贵。

佛眼和尚在禅宗的公案里，留下两句名言：

水自竹边流出冷，
风从花里过来香。

水和竹原是不相干的,可是因为水从竹子边流出来就显得格外清冷;花是香的,但花的香如果没有风从中穿过,就永远不能为人体知。可见,纵是简单的万物也要通过配合才生出不同的意义,何况是人和松子?

觉得,人一切的心灵活动都是抽象的,这种抽象宜于联想;得到人世一切物质的富人如果不能联想,他还是觉得不足;倘若是一个贫苦的人有了抽象联想,也可以过得幸福。这完全是境界的差别,禅宗五祖曾经问过:"风吹幡动,是风动,还是幡动?"六祖慧能的答案可以作为一个例证:"不是风动,不是幡动,是仁者心动。"

仁者,人也。在人心所动的一刻,看见的万物都是动的,人若呆滞,风动幡动都会视而不能见。怪不得有人在荒原里行走时会想起生活的悲境大叹:"只道那情爱之深无边无际,未料这离别之苦苦比天高。"而心中有山河大地的人却能说出"长亭凉夜月,多为客铺舒",感怀出"睡时用明霞作被,醒来以月儿点灯"等引人遐思的境界。

一些小小的泡在茶里的松子,一粒停泊在温柔海边的细沙,一声在夏夜里传来的微弱虫声,一点斜在遥远天际的星光……它全是无言的,但随着灵思的流转,就有了炫目的光彩。记得沈从文这样说过:"凡是美的都没有家,流星,落花,萤火,最会鸣叫的蓝头红嘴绿翅膀的王母鸟,也都没有家的。谁见过人蓄养凤凰呢?谁能束缚着月光呢?一颗流星自有它来去的方向,我有我的去处。"

灵魂是一面随风招展的旗子,人永远不要忽视身边的事物,因为它也许正可以飘动你心中的那面旗,即使是小如松子。

灵魂是一面
随风招展的旗子
人永远不要忽视
身边的事物
因为它也许正
可以飘动
你心中的那面旗

海潮音

忽然想起你，但不是此刻的你

已不星华灿发，已不锦绣

不在最美的梦中，最梦的美中

忽然想起

但伤感是微微的了

如远去的船

船边的水纹……

——虹

整理房子的时候，在书房的角落找到一个巨大的贝壳，被灰尘布满。我稍一擦拭，贝壳那特有的如玉光泽，立刻照亮我的眼睛。

我双手捧起这比我的头还大的贝壳，贴在耳上，立刻传来一阵一阵遥远的海潮音，海潮音里藏着一个故事，呜呜地唱着。

这贝壳是母亲特地从乡下提到台北来送我的，她用红色滚金边的包袱巾提着，

从家乡旗山坐客运车到高雄搭火车，到了台北火车站，再转乘计程车到我的家里。

母亲兴冲冲地打开布巾，捧起一个外壳粗粝洁白、内壳晶亮鹅黄的贝壳，然后，母亲的眼睛发亮，用贝壳盖住我的耳朵，说："你听听。"

海潮的声音立刻从母亲手中的贝壳传入我的耳里，呜呜呜，低哑悠长，不停地鸣唱。

"我特地带来给你，第一眼看见就想拿给你。"母亲温柔慈爱地说，"这一世人还没看过这么巨大的海螺。"

妈妈知道我喜欢新奇的事物，到了四十几岁还像个孩子，她找到什么奇怪的东西都会想带给我，例如她送过我一颗外公用过的金袖扣，一只巨大的飞鼠标本，一件她少女时代亲手缝制的金色毛衣，一些日据时代的龙银……

"妈，这海螺怎么来的？"

"讲起来话头长呀！"妈妈说。

原来，爸爸妈妈在乡下养了一些土鸡，农忙闲暇也卖些土鸡蛋。

土鸡蛋本来是自己吃的，因为生产过多，就卖给附近的邻居。她在玄关桌上放一个磅秤和一篓土鸡蛋，旁边一个小盘和一本账簿，完全采取自助式。如果有现金，秤好了鸡蛋，丢钱到小盘；若没有现金，就自己写在账簿上。每隔三个月，妈妈会统计账簿，再出去收钱。

乡下人心淳厚，这账从来没出过差错，母亲坚信蛋一个也不会少。我初以为是无从查考，后来也相信乡下人确实是朴实。

有一回，妈妈去收账，一个乡亲硬是凑不出钱来还给妈妈。妈妈说："没关系，没关系！下回再算吧！"

妈妈鞠躬告辞，走在田埂上，突然有人在背后大叫："后发婶子！后发婶子！"

原来是那个欠鸡蛋钱的人，提着一个巨大的贝壳追上来。

"这是我以前在东港打鱼时，捞到的海螺，从来没见过这么大的，就留下来做纪念。听说后发婶子喜欢新奇的东西，不知道能不能拿来抵鸡蛋的账？"

妈妈说："没问题！"

上次那飞鼠标本也是抵鸡蛋的账得来的，从此远近传开，大家都会拿家里的东西抵账，妈妈来者不拒，她对我说："反正，我们也不是靠鸡蛋吃穿！"

我们家多了不少"奇珍异宝"，有那些最为特殊的，妈妈就会带来给我，对我说："要好好宝惜，这个值五十斤鸡蛋哩！"

我听着海螺传来的海潮音，仿佛还听见妈妈的话语。爸爸妈妈都离世多年了，我对他们的思念就像藏在海螺深处，看来虚空，却蕴含了整个海洋的潮声，只要侧耳倾听，就从四面八方涌来。

一个平常的海螺，"讲起来话头长"——竟藏着一段长长的故事。故事还会更长——我把它放在孩子的床头，让他们不时拿来听，可以听见大海的声音，还有阿嬷的叮咛。

作家不只喜欢新奇的事物，而是对一切事物保有敏锐、觉察的心，去看见事物的意义，去听见感性的声音。因此在作家的生活里，没有什么事可以轻轻估量，也没有什么情感可以无感地流去。

我体贴海螺之时，是体贴了整个海洋。

我听见海潮的声音，也听见了对妈妈的思念。

创作者寻找生命中的海螺，渴望把海螺贴近别人的耳朵，让有缘的人也可以听见海潮音。

在听见海潮音时，也同时听见了心海的消息。

我对他们的思念

就像藏在海螺深处

看来虚空

却蕴含了整个海洋的潮声

只要侧耳倾听

就从四面八方涌来

一生一会

我喜欢茶道里关于"一生一会"的说法。

意思是说，我们每次与朋友对坐喝茶，都应该生起很深的珍惜。因为一生里能这样喝茶可能只有这一回，一旦过了，就再也不可得了。

一生只有这一次聚会，一生只有这一次相会，使我们在喝茶的时候，会沉入一种疼惜与深刻，不至于错失那最美好的因缘。

生命虽然无常，但并不至于太短暂，与好朋友也可能会常常对坐喝茶，但是每一次的喝茶都是仅有的一次，每一日相会都和过去、未来的任何一次不同。

"有时，人的一生只为了某一个特别的相会。"这是我喜欢写了送给朋友的句子。

与喜欢的人相会，总是这样短暂，可是为了这短暂的相会，我们已经走过人生的漫漫长途，遭受过数不清的雪雨风霜，好不容易，熬到在这样的寒夜里，和知心的朋友深情相会。仔细地思索起来，从前那走过的路途，不都是为了这短短

的数小时做准备吗?

这深情的一会,是从前四十年的总成。

这相会的一笑,是从前一切喜乐悲辛的大草原开出的最美的花。

这至深的无言,是从前有意义或无意义的语言之河累积成的一朵洁白的浪花。

这眼前的一杯茶,请品尝,因为天地化育的茶树,就是为这一杯而孕生的呀!

我常常在和好朋友喝茶的时候,心里就有了无边的想象,然后我总是试图把朋友的脸容一一地收入我记忆的宝盒,希望把他们的言语、眼神、微笑全部典藏起来,生怕在曲终人散之后,再也不会有相同的一会。

"一生一会"的说法是有点幽凄的,然而在幽凄中有深沉的美,使我们对每一杯茶每一个朋友,都愿意以美与爱来相付托、相赠予、相珍惜。

不只喝茶是"一生一会"的事,在广大的时空中,在不可思议的因缘里,与有缘的人会面,都是一生一会的。如果有了最深刻的珍惜,纵使会者必离,当门相送,也可以稍减遗憾了。

因此,茶道的"一生一会"说的不只是相会之难,而是说,若有了最深的珍重和祝福,就进入了道的境界。

抹茶的美学

日本朋友坚持要带我去喝日本茶，我说："我想，中国茶大概比日本茶高明一些，我看不用去了。"

他对我笑一笑，说："那是不同的，我在台北喝过你们的工夫茶，味道和过程都是上品，但它在形式上和日本的不同，而且喝茶在台北是独立的东西，在日本不是，茶的美学渗透到日本所有的视觉文化，包括建筑和自然的欣赏。不喝茶，你永远不能知道日本。"

我随着日本朋友在东京的大街小巷中穿梭，去找喝茶的地方。一路上我都在想，在日本留了一些时日，喝到的日本茶无非是清茶或麦茶，能高明到哪里去呢？正沉思间，我们似乎走到了一个茅屋的"山门"，是用木头与草搭成的，非常简单朴素，朋友说我们喝茶的地方到了。这喝茶的处所，日语叫 Sukiya，翻成中文叫"茶室"，对西方人来讲就复杂一些，英文把它翻成 Abode of Fancy（幻想之居）、Abode of Vacancy（空之居），或者 Abode of Unsymmetrical（不称之居）。光看这几个字，我赫然觉得这茶室不是简单的地方。

果然，进到山门之后，视觉一宽，看到一个不大不小的庭园，地面零落地铺

茶室是和平之地
是放松歇息的地方
什么东西都应放下

着石块，大小不一，石与石间生长着短捷而青翠的小草，几株及人高的绿树也不规则地错落有致。走进这样的园子，仿佛走进了一个清净细致的世界，远远处，好像还有极细极清的水声在响。

日本的园林虽小，可是在那样小的空间所创造的清净之力是非常惊人的，几乎使任何高声谈笑的人都要突然失声，不敢喧哗。

我们也不禁沉默起来，好像怕吵醒铺在地上的青石一样。

茶室的人迎接我们，进入一个小小的玄关式的回廊等候，这时距离茶室还有一条花径，石块四边开着细碎微不可辨的花。朋友告诉我，他们进去准备茶和茶具，我们可以先在这里放松心情。

他说："你别小看了这茶室。通常盖一间好的茶室所花费的金钱和心血胜过一个大楼。"

"为什么呢？"

"因为，盖茶室的木匠往往是最好的木匠，他对材料的挑选和手工的精细都必须达到完美的地步，而且他必须是个艺术家，对整体的美有好的认识。以茶室来说，所有的色彩和设计都不应该重复，如果有一盆真花，就不能有描绘花的画；如果用黑釉的杯子，就不能放在黑色的漆盘上；甚至做每根柱子都不能使它单调，要利用视觉的诱引，使人沉静而不失乐趣；即使一个花瓶摆放也是学问，通常不应该摆在中央，使对等空间失去变化……"

正说的时候，有人来请去喝茶，我们步过花径，到了真正的茶室，房门约五尺，屋檐处有一架子，所有正常高度的成人都要低头弯腰而入室，以对茶道表示恭敬。那屋外的架子是给客人放下所携的东西，如皮包、雨伞、相机之类，据说往昔是给武士解剑放置之处。在传统上，茶室是和平之地，是放松歇息的地方，什么东

西都应放下，西方人叫它"空之居""幻想之居"是颇有道理。

茶室里除了地上的炉子，炉上的铁壶，一支夹炭的火钳，一幅简单的东洋画，一瓶弯折奇逸的插花外，空无一物。而屋子里的干净，好像主人在三分钟前连扫了十遍一样，简直找不到一粒灰——初到东京的人难以明白为什么这样的大城能维持干净，如果看到这间茶室就马上明白了，爱干净几乎是成为一个日本人最基本的条件。而日本传统似乎也偏向视觉美的讲求，像插花、能剧、园林，甚至从文学到日本料理，几乎全讲究精确的视觉美，所以也只好干净了。

茶娘把开水倒入一个灰白色的粗糙大碗里，用一根棒子搅拌，碗里浮起了春天里松针一样翠的绿色来，上面则浮着细细的泡沫，等到温度宜于入口时她才端给我们。朋友说，这就是"抹茶"了，喝时要两手捧碗，端坐庄严，心情要如在庙里烧香，是严肃的，也是放松的。和中国茶不同的是，它一次要喝一大口，然后向泡茶的人赞美。

我饮了一口，细细地用味蕾品着抹茶，发现这神奇的翠绿汁液苦而清凉，有若薄荷，似有令人清冽的力量，和中国茶之芳香有劲大为不同。

"饮抹茶，一屋不能超过四个人，否则就不清净。"朋友说，"过去，茶道定下的规矩有上百种，如何倒茶，如何插花，如何拿勺子，如何拿茶箱和茶碗都有规定，不是专业的人是搞不清楚的，因此在京都有'抹茶大学'，专门训练茶道人才，训练出来的人几乎都是艺术家了。"我听了有些吃惊，光是泡这种茶就有大学训练，要算是天下奇闻了。

日本人都知道，"抹茶"是中国的东西，在唐朝时传进日本。在唐朝以前，我们的祖先喝茶就是这种搅拌式的"抹茶"，而且用的是大碗，直到元朝时蒙古

人入侵后才放弃这种方式，反倒在日本被保存了下来。如今日本茶道的方法基本上来自中国，只是因时日既久融为日本传统，完全转变为日本文化的习性。

现在我们的茶艺以喝工夫茶为主，回过头来看日本茶道，更觉得趣味盎然。但不论中日茶道讲的都是平静和自然的趣味，日本茶道的规模是十六世纪时茶道宗师利休所创，曾有人问他茶道有否神秘之处。他说：

"把炭放进炉子，等水开到适当程度，加上茶叶，使其产生适当的味道。按照花的生长情形，把花插到瓶子里，在夏天时使人想到凉爽，在冬天使人想到温暖。除此之外，茶一无所有，没有别的秘密。"

这不正是我们中国人的"平常心是道"吗？只是利休可能想不到，后来日本竟发展出一百种以上的规矩来。

在日本的茶道里，大部分的传说都是和古老中国有关的。最先的传说是说在公元前五世纪时，老子的一位信徒发现了茶，在函谷关口第一次奉茶给老子，把茶想成是"长生不老药"。

普遍为日本人熟知的传说，是禅宗初祖达摩从天竺东来后，为了寻找无上正觉，在少林寺面壁九年，由于疲劳过度，眼睛张不开，索性把眼皮撕下来丢在地上，不久，在达摩丢弃眼皮的地方长出了一棵叶子又绿又亮的矮树。达摩的弟子便拿这矮树的叶子来冲水，产生一种神秘的魔药，使他们坐禅的时候可以常保觉醒状态，这就是茶的最初。

这真是个动人的传说，虽然无稽却有趣味，中国佛教禅宗何等大能，哪里需要借助茶的提神才能寻找无上的正觉呢？但是它也使得日本的茶道和禅有极为深厚的关系。过去，日本伟大的茶师都是修习禅宗的，并且以禅宗的精神用到实际生活，形成茶道——就是自然的、山林的、野趣的、宁静的、纯净的、平常的精神。

另外一个例子可以反映这种精神。像日本茶室，通常是四席半大，这个大小是受到《维摩经》的一段话影响而决定的。《维摩经》记载，维摩诘居士曾在同样大的地方接待文殊师利菩萨和八万四千个佛弟子。它说明了对于真正悟道的人，空间的限制是不存在的。

　　我的日本朋友说："日本茶道走到最后有两个要素，一个是微锈、一个是朴拙，都深深影响了日本的美学观，日本的金器、银器、陶瓷、漆器，甚至大到庭园、建筑，都追求这样的趣味。说到日本传统的事物，好像从来没有追求明亮光灿的东西，唯一的例外，大概是武士的刀锋吧！"

　　日本美学追求到最后，是精密而分化，像京都最有名的苔寺"西芳寺"，在五千三百七十坪面积上，竟种满了一百二十种青苔，其变化之繁复，差别之细腻，真是达到了人类视觉感官的极致——细想起来，那一百二十种青苔的变化，不正是抹茶上翡翠色泡沫的放大照片吗？

　　我们坐在"茶室"里享受着深深的安静，想到文化的变迁与流转，说不定我们捧碗而饮的正是唐朝。不管它是日本的，或中国的，它确乎能使人有优美的感动，甚至能听到花径青石上响过来的足声，好像来自遥远的海边，而来的那人羽扇纶巾、青衫蓝带，正是盛唐时代衣袂飘飘的文士——呀！我竟为自己这样美的想象而惊醒过来，而我的朋友却双眼深闭，仿佛入定。

　　静到什么地步呢？静到阳光穿纸而入都像听到沙沙之声。

　　我们离开的时候才发觉，整整坐了四个小时，四个小时只是一瞬，只是达摩祖师眼皮上长出的千千亿亿叶子中的一片罢了。

圣哲云集的盛事

多年之后在深夜

在遥远的地方还能

翻读着彼此的诗句而入睡

这一生请问

我们还有什么期许和祈求

能以如此美好的方式应验

——席慕蓉

我们所要的理解是现前一念的理解。

过去知识唯一的用处，就在使我们更能应付现在，没有比轻视现在对孩童心灵造成更大的伤害了。

现在即现前所有的一切，既是过去，也是未来的圣地。

须知过去两百年较之过去两千年一样是过去。

别受日期的欺骗，莎士比亚与莫里哀的时代，和索弗克理、维吉尔的时代一样，俱属过去。

圣哲云集是何等盛事！他们唯一可能的聚会之地就是现在。至于古圣先贤抵达现代所需横越的时间长短，是无关紧要的。

读这一段文字，大概很少人可以猜出是一百年前的哲学家怀海德所说的话。

如果我们专注于现在的一刻，不仅古代西方的文学家可以来到我们的案前，中国的文学家也可以和他们携手同来，莎士比亚和李白在一起喝茶，并非无稽之谈。这不只是荀子所说的"古今一度"，而且是"东西交辉"——过去、现在、未来三世交辉在现前的一念，这才是活在现在最真实的价值。

"达摩尚未来中国以前，中国有没有佛法？"有人问天柱崇慧禅师。

禅师说："你只问达摩还没有来之前有没有佛法，有没有问过现在有没有佛法？"

"师父的意思我不懂，请师父指示！"

天柱崇慧禅师说："万古长空，一朝风月。"

呀！"万古长空，一朝风月"，是多么美丽的句子！

后来的善能禅师用两句来解：

不可以一朝风月，昧却万古长空；

不可以万古长空，不明一朝风月。

因为，"一朝"与"万古"是同时存在的，"长空"与"风月"不只是过去如是，现在如是，未来也如是呀！在我们未来这个世界以前，长空里就有这么美的风月；当我们离世之后，美丽的风月还是在长空之中。

把万古长空凝聚在一朝风月里，就像把整个海洋凝聚成一滴水，一滴水是海

洋的一部分，一滴水也是海洋！

怀海德把"一朝风月"在"万古长空"中的关系称为"契入"（ingression）。

特殊属性的粒子在历史的路径上虽是具体独特的，但在浩瀚时空中却与持续运行的粒子属性相同，它既是"弥布"（it pervades）于它的路径，它也"处在"（it is situated）路径上每一事件的粒子上。它在每一个永恒的空间中，根据一个轨道运行着。

怀海德的话并不难解，我抬眼看天，映入我眼睛的明月，对此刻的我有独特的意义，但千万年来，明月也具有普遍意义地照耀着，明月持续在时空的轨道运行，我也持续在生命的轨道运行。就在今夜，在一瞬之间，我与明月"契入"了。在自然时空里，我们分离，各自回到轨道。但在心灵的时空里，因契入的印证，我们不再分离了。

"一朝风月"与"万古长空"在契入的时刻，是没有分别的。

今夜泡茶时，邀请了天柱崇慧与怀海德一起来喝茶，怀海德还带来一个朋友——那位说出"两次伸足入水，已非前水"的希腊哲学家赫拉克利特斯。

真是太美好了，他们唯一可能聚会之地就是现在。

圣哲云集是何等的盛事呀！

一滴水滴进了海洋。

海洋进入了水滴。

不知多少秋声

如果你的心灵有通向神圣的完美阶梯，

你就像真理花园中的百合花，

无论你的芳香消失在空中，

或消失在人们身上，

它消失在何处，

就在何处永存。

——纪伯伦

中秋夜，我们从岳阳赶往长沙，一路狂奔。

"为什么要这么着急地赶路呢？"我问帮我们开车的小廖。

司机小廖急着赶回长沙过节，因为他和爱人都是一胎化政策后出生的，独生子娶了独生女，所有的节日都变成双倍的大事。

预计先到父母家过上半夜，再陪女方到岳父母家过下半夜，这使他心急如焚，飞奔在路况颠颠的公路上。

一路上，小廖按着喇叭的手从未停过，我看着路两旁都是补胎、打气、修车的小店，真担心老旧的厢型车会突然抛锚在荒僻的省道上。

小廖一边狂按喇叭，一边从喇叭声中大声地说："中秋夜，人人都在赶着团圆，是吗，林老师？"

"是呀是呀！人人都在赶着团圆。"我说。

为了让他专心开车，我们一路无语地看着窗外，正是夕阳西下的时光，远山与田园都笼罩在一片薄薄的雾气里，绿色的水田中错落着红砖小屋，夕阳使眼前的一切都滚了金边。

惊奇的是，日与月同时出现在天上，金红的夕阳与银白的月亮遥遥相望，原来是金光万道的夕阳与贴纸一样薄薄的月亮，突然有人按了开关，夕阳成为薄薄的剪纸沉落，满月亮了起来，饱满、圆润，有美丽的光晕。这美丽的湖南乡间，突然有着说不出的浪漫与柔情。

我轻轻地握着妻子的手，她给我一个轻轻的微笑。

不发一语，但我们的心在月光下的田园，互相应答。

这是我们第一次在离家数千里外过中秋，当我们遥望窗外盈盈的满月，思念就像月的光芒，弥漫了天地。我们思念着在台湾的三个孩子，他们在外婆家一定

爱的开始是一个眼色
爱的最后是无限的穹苍

也看着月亮，思念着我们！也思念着正在美丽的乡下喝团圆酒的兄弟姊妹，那湖南乡间温暖的小房，多么像我们在南方的故居呀！

你思念那些在爱中降临的孩子，思念因缘深重、有缘重会的人，你会深深感受到一些美丽的花开。

你愿意永远为他献身，不会有丝毫怨言。

你在心里感觉最大的恩典，带来巨大的力量。

你在悲喜交集的时候，他使你哀乐协调。

你在无声的小溪边，也能听见婉转的歌唱。

你在喧腾的万蝉里，也能听见深情的咏叹。

你是春天，第一朵花开。你是山间，飞来的彩虹。

你是翠绿，也是深蓝；你是清白，也是玄黑；你是田黄，也是珊红……你具足了一切的颜色，却是用尽世间的言语，也无法描绘。

你抬头看看远方吧！这世间最美好的事物是无言的，无言的时候则让我们最细腻地接近美好。

想了解辽阔，要观海。想知道伟大，要看山。想体会自由，要静静看云。想感受无碍，要舞动春风。

这是为什么说开悟时是看见了遥远的星星，苦修时坐在菩提树美丽的枝叶下，说法时带着神秘的微笑，教导比丘观想庭中的茉莉花，阐明一株小草就是万佛的宝殿……

因为那树、那花、那草、那夜空的明星，不发一言，已万缘具足了。

一切净土里，都有遍满的莲花和鸟声的歌唱。一切有智慧的人，犹如带着太阳行走，有太阳的观照、平等与圆满。一切慈悲的菩萨，则是清凉的月色，有月亮的温柔、宁静与优美。

因为那莲花、那鸟声、那太阳、那温柔的月色，一语不发，已吟咏万法的梵唱了。

说说这秋天吧！

每年都有秋天，生命中有感动、有启示、有觉察的秋天，又有几回呢？真的寻索到寥寥可数的深有所感的秋日，又能用什么言语加以叙述呢？

天上的明月，满山的枫红，一直在跳舞的菅芒花，美得比春天更动人的秋云秋霞，你抬起头来深深地感动，却是万语难及。

每一年都有美丽的秋天，在无可言诠的生命里，像飞过天际的大雁，长啸一声，飞过去了，音声犹在耳际回旋，仰头一望，群雁已没入了长空。

这秋天的心情，就像微步中年的心境吧！

中秋的时候，人人赶着团圆，在追赶团圆的路途中，珍惜此人、此心、此景、此境，却隐在月影的背面，很少被看见。

无言是很高的境界，但作为一个文学家，总想记录那种无言。

我想起曾在西安的古董市集，购得一方古印，不知是什么年代，不知是谁刻的，却是我收藏的古印中最宝爱的一方：

不知多少秋声

这是走过了生命的惊涛岁月与骇浪旅程的人才会有的心情，猛然回首，不知已过了多少个雾里的秋天了。

唯有这种秋天的心，才会悟到珍惜的可贵，珍惜秋天的每一个片刻、每一个刹那、每一声没入云天的雁鸣！

也是这样的心情，去年秋天我完成了《玄想》，现在接着写完《清欢》。

文学是一种清净的欢喜。这种清净的欢喜，使文学家自然成为富足的人。他的内心之树结满了果子，拿来与别人分享，希望能有甜蜜与清凉；他的内心之矿结满了宝石，用双手奉上，希望珠宝能妆点灰色的人生；他每天都在垦荒种地，身上带着泥土与溪水的芳香，因为一切都是珍贵无比的，希望人人都能品味芳香。

如同秋声，我也想向人说：你听见秋声了吗?

文学的欢喜，写的人欢喜，读的人也欢喜。

我们终于穿过重重的月光，抵达长沙，明月已到中天，小廖赶不及和父母、岳父母共度中秋。

他显得有些沮丧。

我说："明天还是中秋，听说十六的月亮比十五还圆哩！"

他苦笑着，告辞。

我和淳珍在长沙街头漫步，大部分的店家已经打烊。

陪着我们的朋友小侠说："大概吃不到中式的团圆饭了，我们去找西式的。"

找到一家西餐厅，来迎接我们的服务生竟是黑人，说一口流利的京片子，后来才知道他来自非洲的肯尼亚，家乡正在闹饥荒。

我们点了菜，他说："今天是中秋节，来一瓶长城干红吧！"

我们请他喝了一杯干红，举杯遥祝在远地的亲人。在他黑色的眼眸中，我仿佛看见了非洲草原上的月色。

我和淳珍举杯,祝福我们远在天边的三个孩子,我的心里突然浮现出一个句子;

爱的开始是一个眼色，爱的最后是无限的穹苍。

岁月的灯火都睡了

前些日子在香港，朋友带我去游维多利亚公园，我们黄昏的时候坐缆车到维多利亚山上（香港人称其为太平山）。这个公园在香港生活中是一个异数，香港的万丈红尘声色犬马看了叫人头昏眼花，只有维多利亚山还保留了一点绿色的优雅的情趣。

我很喜欢上公园的铁轨缆车，在陡峭的山势上硬是开出一条路来，缆车很小，大概可以挤四十个人，缆车司机很悠闲地吹着口哨，使我想起小时候常常坐的运甘蔗的台糖小火车。

不同的是，台糖小火车恰恰碰碰，声音十分吵人，路过处又都是平畴绿野，铁轨平平地穿过原野。维多利亚山的缆车却是无声的，它安静地前行，山和屋舍纷纷往我们背后退去，一下子间，香港——甚至九龙——都已经远远地被抛在脚下了。

有趣的是，缆车道上奇峰突起，根本不知道下一刻会有什么样的视野。有时候视野平朗了，你以为下一站可以看得更远，下一站有时被一株大树挡住了，有时又遇到一座卅层高的大厦横生面前。一留心，才发现山上原来也不是什么蓬莱

仙山，高楼大厦古堡别墅林立，香港的拥挤在这个山上也可以想见了。

缆车站是依山而建，缆车半路上停下来，就像倒吊悬挂一般，抬头固不见顶，回首也看不到起站的地方，我们便悬在山腰上，等待缆车司机慢慢启动。终于抵达了山顶，白云浓得要滴出水来，夕阳正悬在山的高处，这时看香港因为隔着山树，竟看出来一点都市的美了。

香港真是小，绕着维多利亚公园走一圈已经一览无遗，右侧由人群和高楼堆积起来的香港、九龙闹区，正像积木一样，一块连着一块，像一个梦幻的都城，你随便用手一推就会应声倒塌。左侧是海，归帆点点，岛与岛在天的远方。

香港商人的脑筋动得快，老早就在山顶上盖了大楼和汽车站；大楼叫"太平阁"，里面什么都有，书店、工艺品店、超级市场、西餐厅、茶楼等等，只是造型不甚协调。汽车站是绕着山上来的，想必比不上缆车那样有风情。

我们在"太平阁"吃晚餐，那是俯瞰香港最好的地势。我们坐着，眼看夕阳落进海的一方，并且看灯火在大楼的窗口一个个点燃，才一转眼，香港已经成为灯火辉煌的世界。我觉得，香港的白日是喧哗让人烦厌的，可是香港的夜景却是

美得如同神话里的宫殿，尤其是隔着一脉山一汪水，它显得那般安静，好像只是点了明亮的灯火，而人都安息了。

我说我喜欢香港的夜景。

朋友说："因为你隔得远，有距离的美，你想想看，如果你是那一点点光亮的窗子里的人，就不美了。"他想了一下，说："你安静地注视那些灯，有的亮，有的暗，有的亮过又暗了，有的暗了又亮起来，真是有点像人生的际遇呢！"

我们便坐在维多利亚山上看香港九龙的两岸灯火。那样看人被关在小小的灯窗里，人真是十分渺小的，可是人多少年来的努力竟是把自己从山野田园的广阔天地上关进一个狭小的窗子里，这样想时，我对现代文明的功能不免生出一种迷惑的感觉。

朋友还告诉我，香港人的墓地不是永久的，人死后八年便必须挖起来另葬他人，因为香港的人口实在太多了，多到必须和古人争寸土之地——这种人给人的挤迫感，只要走在香港街头看汹涌的人潮就体会深刻了。

我们就那样坐在山上看灯看到夜深，看到很多地区的灯灭去，但是另一地区的灯再亮起来——香港是一个不夜的城市，我们坐最后一班缆车下山。

下山的感觉也十分奇特，我们背着山势面对山尖，车子却是俯冲下山，山和铁轨于是顺着路一大片一大片露出来。我看不见车子前面的风景，却看见车子后面的风景一片一片地远去，本来短短的铁轨越来越长，终于长到看不见的远方，风从背后吹来，呼呼地响。

我想到，岁月就像那样，我们眼睁睁地看自己的往事在面前一点点淡去，而我们的前景反而在背后一滴一滴淡出，我们不知道下一站在何处落脚，甚至不知道后面的视野怎么样，只能走一步算一步。

往事再好，也像一道柔美的伤口，它美得凄迷，却每一段都是有伤口的。它连最后连结成一条轨道，隐隐约约透露出一些规则来。社会和人不也一样吗？成与败都是可以在过去找到一些信息的。

我们到山下时，我抬头看维多利亚山，已经笼罩在月光之中。那一天，我在寄寓的香港酒店顶楼坐着，静静地沉默地俯望香港和九龙，一直到九龙尖沙咀的灯火和对岸香港天星码头的灯火，都在凌晨的薄雾中暗去。我想起自己过去所经历的一些往事，我真切地感受到，当岁月的灯火都睡去的时候，有些往事仍鲜明得如同在记忆的显影液中，我们看它浮现出来，但毕竟是过去了。

简单
而有丰沛的爱
平常
而有深刻的心

天寒露重

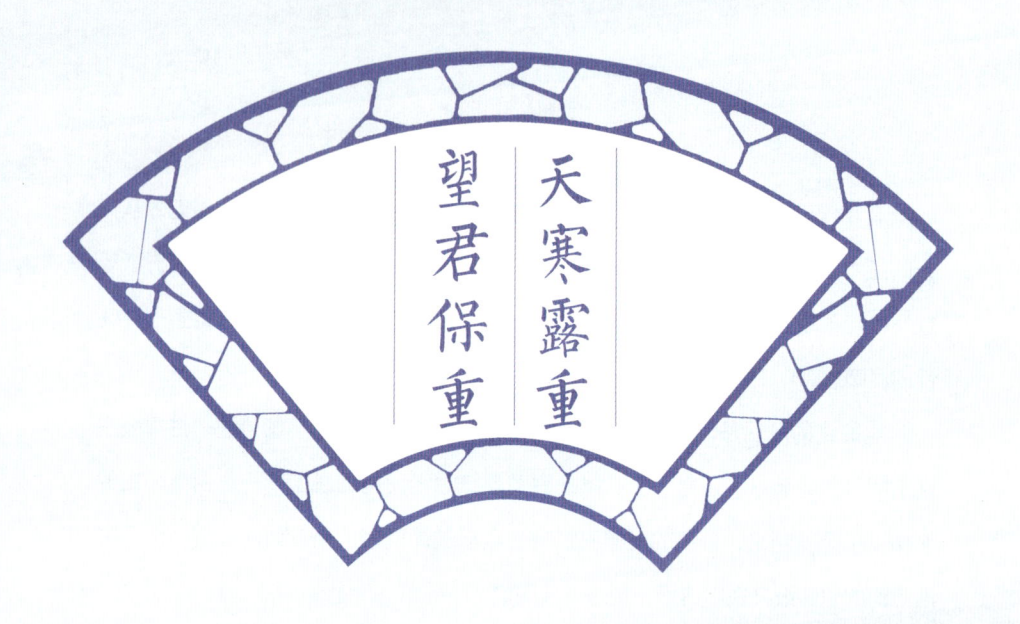

望君保重

白雪少年

　　我小学时代使用的一本国语字典，被母亲细心地保存了十几年，最近才从母亲的红木书柜里找到。那本字典被粗心的手指扯掉了许多页，大概是拿去折纸船或飞机了，现在怎么回想都记不起来，由于有那样的残缺，更使我感觉到一种任性的温暖。

　　更惊奇的发现是，在翻阅这本字典时，找到一张已经变了颜色的"白雪公主泡泡糖"的包装纸，那是一张长条的鲜黄色纸。上面用细线印了一个白雪公主的面相。于今看起来，公主的图样已经有一点粗糙简陋了。至于如何会将白雪公主泡泡糖的包装纸夹在字典里，更是无从回忆。

　　到底是在上国语课时偷偷吃泡泡糖夹进去的，是夜晚在家里温书吃泡泡糖夹进去的，还是有意保存了这张包装纸呢？翻遍国语字典也找不到答案。记忆仿佛自时空遁去，渺无痕迹了。

　　唯一记得的倒是，那是一种旧时乡间十分流行的泡泡糖，是粉红色长方形、十分粗大的一块，一块要五毛钱。对于长在乡间的小孩子，那时的五毛钱非常昂贵，是两天的零用钱，常常要咬紧牙根才买来一块，一嚼就是一整天，吃饭的时候把它吐在玻璃纸上包起，等吃过饭再放到口里嚼。

　　父亲看到我们那么不舍得一块泡泡糖，常常生气地说："那泡泡糖是用脚踏

车坏掉的轮胎做成的，还嚼得那么带劲！"记得我还傻气地问过父亲："是用脚踏车轮做的？怪不得那么贵！"惹得全家人笑得喷饭。

说是"白雪公主泡泡糖"，应该是可以吹出很大气泡的，却不尽然。吃泡泡糖多少靠运气，能吹出气泡的记得大概五块里才有一块，许多是硬到吹弹不动，更多的是嚼起来不能结成固体，弄得一嘴糖沫，赶紧吐掉，坐着伤心半天。我手里的这一张可能是一块能吹出大气泡的包装纸，否则怎么会小心翼翼地夹做纪念呢？

我小时候并不是那种很乖巧的孩子，常常因为要不到两毛钱的零用就赖在地上打滚，然后一边打滚一边偷看母亲的脸色，直到母亲被我搞烦了，拿到零用钱，我才欢天喜地地跑到街上去，或者就这样跑去买了一个"白雪公主"，然后就嚼到天黑。

长大以后，再也没有在店里看过"白雪公主泡泡糖"，都是细致而包装精美的一片一片的"口香糖"；每一片都能嚼成形，每一片都能吹出气泡，反而没有像幼年一样能体会到买泡泡糖靠运气的心情。偶尔看到口香糖，还会想起童年，想起嚼"白雪公主"的滋味，但也总是一闪即逝，了无踪迹。直到看到国语字典中的包装纸，才坐下来顶认真地想起"白雪公主泡泡糖"的种种。

如果现在还有那样的工厂，恐怕不再是用脚踏车轮胎制造，可能是用飞机轮子了——我这样游戏地想着。

那一本母亲珍藏十几年的国语字典，薄薄的一本，里面缺页的缺页、涂抹的涂抹，对我已经毫无用处，只剩下纪念的价值。那张泡泡糖的包装纸，整整齐齐，毫无毁损，却珍藏了一段十分快乐的记忆，使我想起真如白雪一样无瑕的少年岁月，因为它那样白，那样纯净，几乎所有的事物都可以涵容。

那些岁月虽在我们的流年中消逝，但借着非常非常微小的事物，往往一勾就是一大片，仿佛是草原里的小红花，先是看到了那朵红花，然后发现了一整片大草原，红花可能凋落，而草原却成为一个大的背景，我们就在那背景里成长起来。

那朵红花不只是"白雪公主泡泡糖"，可能是深夜里巷底按摩人的幽长的笛声，可能是收破铜烂铁老人沙哑的叫声，也可能是夏天里卖冰淇淋小贩的喇叭声……有一回我重读小学时看过的《少年维特的烦恼》，书里就曾夹着用歪扭字体写成的纸片，只有七个字："多么可怜的维特！"其实当时我哪里知道歌德，只是那七个字，让我童年伏案的身影整个显露出来，那身影可能和维特是一样纯情的。

有时候我不免后悔童年留下的资料太少，常想："早知道，我不会把所有的笔记簿都卖给收破烂的老人。"可是如果早知道，我就不是纯净如白雪的少年，而是一个多虑的少年了。那么丰富的资料原也不宜留录下来，只宜在记忆里沉潜，在雪泥中找到鸿爪，或者从鸿爪体会那一片雪。

这样想时，我就特别感恩母亲。因为在我无知的岁月里，她比我更珍视我所拥有过的童年，在她的照相簿里，甚至还有我穿开裆裤的照片。那时的我，只有父母留有记忆，我则是完全茫然了，就像我虽拥有"白雪公主泡泡糖"的包装纸，但那块糖已完全消失，只留下一点甜意——那甜意竟也有赖于母亲爱的保存。

红心番薯

看我吃完两个红心番薯，父亲才放心地起身离去，走的时候还落寞地说：为什么不找个有土地的房子呢？

这次父亲北来，是因为家里的红心番薯有了收成，特地背了一袋给我，还挑选几个格外好的，希望我种在庭前的院子里。他万万没有想到，我早已从郊外的平房搬到城中的大厦，根本是容不下绿色的地方，甚至长不出一株狗尾草，更不要说番薯了。

到车站接了父亲回到家里，我无法形容父亲的表情有多么近乎无望。他在屋内转了三圈，才放下提着的麻袋，愤愤地说："伊娘咧！你竟住在无土的所在！"一个人住在脚踏不到泥土的地方，父亲不能忍受，这也是我看到他的表情才知道的。然后他的愤愤转成喃喃："你住在这种上不着天下不落地的所在，我带来的番薯要种在哪里？要种在哪里？"

父亲对番薯的感情，也是这两年我才深切知道的。

有一次是我站在旧家前，看着河堤延伸过来的苇芒花，在微凉秋风中摇动着，那些遍地蔓生的苇芒长得有一人高，我看到较近的苇芒摇动得特别厉害，凝神注视，才突然看到父亲走在那一片苇芒里，我大吃一惊。原来父亲的头发和秋天灰白的

苇芒花是同一个颜色，他在遍生苇芒的野地里走了几百公尺，我竟未能看见。

那时我站在家前的番薯田里，父亲来到我的面前，微笑地问："在看番薯吗？你看长得像羊头一样大了哩！"说着，他蹲下来很细心地拨开泥土，捧出一个精壮圆实的番薯来，以一种赞叹的神情注视着。我带着未能在苇芒花中看见父亲身影的愧疚心情，与他面对面蹲着。父亲突然像儿童一样天真欢愉地叹了一口气，很自得地说："你看，恐怕没有人种番薯种得比我好了。"然后他小心翼翼地把那个番薯埋入土中，动作像在收藏一件艺术品，神情庄重而带着收获的欢愉。

父亲的神情使我想起幼年有关下番薯的一些记忆。有一次我和几位大陆的小孩子吵架，他们一直骂着："番薯呀！番薯呀！"我们就回骂："老芋呀！老芋呀！"

对这两个名词我是疑惑的，回家询问了父亲。那天他喝了几杯老酒，神情甚为愉快，他打开一张老旧的地图，指着台湾的那一部分说："台湾的样子真是像极了红心的番薯，你们是这番薯的子弟呀！"而无知的我便指着北方广大的大陆说："那，这大陆的形状就是一个大的芋头了，所以大陆人是芋仔的子弟？"父亲大笑起来，抚着我的头说："憨囝仔，我们也是大陆来的，只是来得比较早而已。"

然后他用一支红笔，从我们遥远的北方故乡有力地画下来，连到我们所居的台湾南部。那是我第一次在十烛光的灯泡下认识到，芋头与番薯原来是极其相似的植物，并不是我们想象中那么判然有别的。也第一次知道，原来在东北会落雪的故乡，也遍生着红心的番薯！

更早的记忆是从我会吃饭开始的。家里每次收获番薯，总是保留一部分填置在木板的眠床底下。我们的每餐饭中一定煮了三分之一的番薯，早晨的稀饭里也放了番薯，有时吃腻了，我就抱怨起来。

听完我的抱怨，父亲就激动地说起他少年的往事。他们那时为了躲警报，常常在防空壕里一窝就是一整天。所以祖母每每把番薯煮好放着，一旦警报声响，父亲的九个兄弟姐妹就每人抱两三个番薯直奔防空壕，一边啃番薯，一边听飞机和炮弹四处交响。他的结论常常是："那时候有番薯吃已经是天大的幸福了。"他说完这个故事，我们只好默然地把番薯扒到嘴里去。

父亲的番薯训诫并不是都如此严肃，偶尔也会说起战前在日本人的小学堂中放屁的事。由于吃多了番薯，屁有时是忍耐不住的，当时吃番薯又是一般家庭所不能免，父亲形容说："因此一进了教室往往是战云密布，不时传来屁声。"他说放屁是会传染的，常常一呼百应，万众皆响。有一回屁放得太厉害，全班被日本老师罚跪在窗前，即使跪着，屁声仍然不断。父亲玩笑地说："因为跪的姿势，屁声好像更响了。"他说这些的时候，我们通常吃番薯吃得比较甘心，放起屁来也不以为忤了。

然后是一阵战乱，父亲到南洋打了几年仗。在丛林之中，时常从睡梦中把他唤醒，时常让他在思乡时候落泪的，不是别的珍宝，只是普普通通的红心番薯。它烤炙过的香味，穿过数年的烽火，在万金家书也不能抵达的南洋，温暖了一位年轻战士的心，并呼唤他平安地回到家乡。他有时想到番薯的香味，一张像极番薯形状的台湾地图就清楚地浮现出来，思绪接着往南方移动，接下来的图像便是温暖的家园，还有宽广无边结满黄金稻穗的大平原……

战后返回家乡，父亲做的第一件事便是在家前家后种满了番薯，日后遂成为我们家的传统。家前种的是白瓢番薯，粗大壮实，可以长到十斤以上一个；屋后一小片园地是红心番薯，一串一串的果实，细小而甜美。白瓢番薯是为了预防战争逃难而准备的，红心番薯则是父亲南洋梦里的乡思。

这些无知的番薯
为何经过三十年
心还是红的
不肯改一点颜色

每年一到父亲从南洋归来的纪念日，夜晚的一餐我们通常不吃饭，只吃红心番薯，听父亲诉说战争的种种，那是我农夫父亲的忧患意识。他总是记得饥饿的年代里番薯是可以饱腹的。如今回想起来，一家人围着小灯食薯，那种景况我在凡·高的名画《食薯者》中几乎看见。在沉默中，那是庄严而肃穆的。

在富裕的此时此地，父亲的忧患恍若一个神话。大部分人永远不知有枪声，只有极少数经过战争的人，在他们的心底有一段番薯的岁月，那岁月里永远有枪声时起时落。

由于有那样的童年，日后我在各地旅行的时候，便格外留心番薯的踪迹。我发现在我们所居住的这张番薯形状的地图上，从最北角到最南端，从山坡上贫瘠的石头地到河岸边肥沃的沙埔，番薯都能够坚强地、不经由任何肥料与农药而向四方生长，并结出丰硕的果实。

有一次，我在澎湖的无人岛上，看到人所耕种的植物几乎都被野草吞灭了，只有遍生的番薯还在和野草争着方寸，在无情的海风烈日下开出一片淡红的晨曦颜色的花，而且在最深的土里，各自紧紧握着拳头。那时我知道在人所种植的作物之中，番薯是最强悍的。

这样想着，幼年家前家后的番薯花突然在脑中闪现，番薯花的形状和颜色都像牵牛花，唯一不同的是，牵牛花不论在篱笆上还是在阴湿的沟边，都是抬头挺胸，仿佛要探知人世的风景；番薯花则通常是卑微地依着土地，好像在嗅着泥土的芳香。在夕阳将下之际，牵牛花开始萎落，而那时的番薯花却开得正美，淡红夕云一样的色泽，染满了整片土地。

正如父亲常说的，世界上没有一种植物比得上番薯，它从头到脚都有用，连花也是美的。现在连台北最干净的菜场也有卖番薯叶，价钱还颇不便宜。有谁想

到这是在乡间最卑贱的菜，是逃难的时候才吃的？

在我居住的地方，巷口本来有一位卖糖番薯的老人，一个滚圆的大铁锅，挂满了糖渍过的番薯，开锅的时候，一缕扑鼻的香味四面扬散，那些番薯是去皮的，长得很细小，却总像记录着某种心底的珍藏。有时候我向老人买一个番薯，一边散步回来一边吃着，那蜜一样的滋味进了腹中，却有一点酸苦，因为老人的脸总使我想起在烽烟中奔走过的风霜。

老人是离乱中幸存的老兵，家乡在山东偏远的小县城。有一回我们为了地瓜问题争辩起来，老人坚称台湾的红心番薯如何也比不上他家乡的红瓤地瓜，他的理由是："台湾多雨水，地瓜哪有俺的家乡甜？俺家乡的地瓜真是甜得像蜜！"老人说话的神情好像他已回到家乡，站在地瓜田里。看着他的神情，使我想起父亲和他的南洋、他在烽火中的梦，我才真正知道，番薯虽然卑微，它却连接着乡愁的土地，永远在乡思的天地里吐露新芽。

父亲送我的红心番薯，过了许久，有些要发芽的样子，我突然想起在巷口卖糖番薯的老人，便提去巷口送他，没想到老人改行卖牛肉面了，我说："你为什么不卖地瓜呢？"老人愕然地说："唉！这年头，人连米饭都不肯吃了，谁来买俺的地瓜呢？"我无奈地提番薯回家，把番薯袋子丢在地上，一个番薯从袋口跳出来，破了，露出鲜红的血肉。这些无知的番薯，为何经过三十年，心还是红的！不肯改一点颜色？

老人和父亲生长在不同背景的同一个年代，他们在颠沛流离的大时代里，只是渺小而微不足道的人，可能只有那破了皮的红心番薯才能记录他们心里的颜色。那颜色如清晨的番薯花，在晨曦掩映的云彩中，曾经欣欣地茂盛过，曾经以卑微的累累球根互相拥抱、互相温暖，他们之所以能卑微地活过人世的烽火，是因为

在心底的深处有着故乡的骄傲。

　　站在阳台上，我看到父亲去年给我的红心番薯，我任意种在花盆中，放在阳台的花架上，如今，它的绿叶已经长到磨石子地上，有的甚至伸出阳台的栏杆，仿佛在找寻什么。每一丛红心番薯的小叶下都长出根的触须，在石地板上久了，有点萎缩而干枯。那小小的红心番薯是在找寻它熟悉的土地吧！因为土地，我想起父亲在田中耕种的背影，那背影的远处，是他从芦苇丛中远远走来，到很近的地方，花白的发冒出了苇芒。为什么番薯的心还红着，父亲的发竟白了？

　　在我十岁那年，父亲首次带我到都市来，我们行经一片被拆除公寓的工地，工地堆满了砖块和沙石。父亲在堆置的砖块缝中一眼就辨认出几片番薯叶子，我们循着叶子的茎络，终于找到一株几乎被完全掩埋的根，父亲说："你看看这番薯，根上只要有土，它就可以长出来。"然后他没有再说什么，执起我的手，走路去饭店参加堂哥的隆重婚礼。如今我细想起来，那一株被埋在建筑工地的番薯是有着逃难的身世的，由于它的脚在泥土上，苦难无法掩埋它。比起这些种在花盆中的番薯，它有着另外的命运和不同的幸福，就像我们远离了百年的战乱，住在看起来隐秘而安全的大楼里，却多了失去泥土的悲哀——伊娘咧！你竟住在无土的所在。

　　星空夜静，我站在阳台上仔细端凝盆中的红心番薯，发现它吸收了夜的露水，在细瘦的叶片上，片片冒出了水珠，每一片叶都沉默地小心地呼吸着。那时，我几乎听到了一个有泥土的大时代，上一代人的狂歌与低吟都埋在那小小的花盆中，只有静夜的敏感才能听见。

怀君与怀珠

在清冷的秋天夜里，我穿过山中的麻竹林，偶尔抬头看见了金黄色的星星，一首韦应物的短诗突然从我的心头流过：

怀君属秋夜，
散步咏凉天。
空山松子落，
幽人应未眠。

我很为这瞬间浮起的诗句而感到一丝震动，因为我到竹林，并不是为了散步，而是到一间寺院的后山游玩。不觉间天色就晚了（秋日的夜有时来得出奇早），我就赶着回家的路，步履是有点匆忙的。并且，四周也没有幽静到能听见松子的落声，根本是没有一株松树的，耳朵里所听见的是秋风飒飒的竹叶（夜里有风的竹林还不断发出咿咿歪歪的声音）——为什么这首诗会这样自然地从心田里升了出来？

也许是我走得太急切了，心境突然陷于空茫，少年时期特别钟爱的诗就映现出来。

我想起了上一次这首诗流出心田的时空，那是前年秋天我到金门去，夜里住在招待所里，庭院外种了许多松树，金门的松树到秋冬之际会结出许多硕大的松子。那一天，我洗了热乎乎的澡，正坐在窗前擦拭湿了的发，忽然听见院子里传来噼噼剥剥的声音。我披衣走到庭中，发现原来是松子落在泥地的声音。"呀！原来松子落下的声音是如此巨大！"我心里轻轻地惊叹着。

捡起了松子捧在手上，韦应物的诗就跑出来了。

于是，我真的在院子里独自散步。虽然不在空山，却想起了从前的、远方的朋友，那些朋友有许多已经多年不见了，有一些也失去了消息，可是在那一刻仿佛全在时光里会聚。一张张脸孔，清晰而明亮。我的少年时代是极平凡的，几乎没有什么可歌可泣的事迹，但是在静夜里想到曾经一起成长的朋友，却觉得生活是可歌可泣的。

我们在人生里，随着岁月的流逝而感觉到自己的成长（其实是一种老去），会发现每一个阶段都拥有不同的朋友，友谊虽不至于散失，聚散却随因缘流转，常常转到我们一回首感到惊心的地步。比较可悲的是，那些特别相知的朋友往往远在天际，泛泛之交却近在眼前，因此，生活经常令我们陷入一种人生寂寥的境地。"会者必离"，"当门相送"，真能令人感受到朋友的可贵。朋友不在身边的时候，感觉到能相与共话的，只有手里的松子，或者只有林中正在落下的松子！

在金门散步的秋夜，我还想到《菜根谭》里的几句话："风来疏竹，风过而竹不留声；雁渡寒潭，雁去而潭不留影。故君子事来而心始现，事去而心随空。"朋友的相聚，情侣的和合，有时心境正是如此，好像风吹过了竹林，互相有了声音的震颤，又仿佛雁飞过静止的潭面，互相有了影子的照映，但是当风吹过，雁

空山松子落
幽人应未眠

飞离，声音与影子并不会留下来。可惜我们做不到那么清明一如君子，可以"事来而心始现，事去而心随空"，却留下了满怀的惆怅、思念与惘然。

平凡人总有平凡人的悲哀，这种悲哀乃是寸缕缠绵，在撕裂的地方、分离的处所，留下了丝丝的穗子。不过，平凡人也有平凡人的欢喜，这种欢喜是能感受到风的声音与雁的影子，在吹过飞离之后，还能记住一些锥心的怀念与无声的誓言。悲哀有如橄榄，甘甜后总有涩味；欢喜则如梅子，辛酸里总有回味。

那远去的记忆是自己，现在面对的还是自己，将来不得不生活的也是自己，为什么在自己里还有另一个自己呢？站在时空之流的我，是白马还是芦花？是银碗或者是雪呢？

我感觉怀抱着怀念生活的人，有时像白马走入了芦花的林子，是白茫茫的一片，有时又像银碗里盛着新落的雪片，里外都晶莹剔透。

在想起往事的时候，我常惭愧于做不到佛家的境界，能对境而心不起。我时常有的是对于逝去的时空有一些残存的爱与留恋，那种心情是很难言说的，就好像我会珍惜不小心碰破口的茶杯，或者留下那些笔尖磨平的钢笔，明知道茶杯与钢笔都已经不能再使用了，也无法追回它们如新的样子。但因为这只茶杯曾在无数的冬夜里带来了清香和温暖，而那支钢笔则陪伴我度过许多思想的险峰，记录了许多过往的历史，我不舍得丢弃它们。

人也是一样，对那些曾经有恩于我的人，那些曾经爱过我的朋友，或者那些曾经在一次偶然的会面启发过我的人，甚至那些曾践踏我的情感、背弃我的友谊

的人，我都有一种不忘的本能。有时不免会苦痛地想，把这一切都忘得干净吧！让我每天都有全新的自己！可是又觉得人生的一切如果都被我们忘却，包括一切的忧欢，那么生活里还有什么情趣呢？

我就不断地在这种自省之中，超越出来，又沦陷进去，好像在野地无人的草原放着风筝，风筝以竹骨隔成两半，一半写着生命的喜乐，一半写着生活的忧恼，手里拉着丝线，飞高则一起飞高，飘落就同时飘落，拉着线的手时松时紧，虽然渐去渐远，牵挂还是在手里。

但，在深处里的疼痛，还不是那些生命中一站一站的欢喜或悲愁，而是感觉在举世滔滔中，真正懂得情感、知道无私地付出的人，是越来越少见了。我走在竹林里听见飒飒的风声，心里却浮起"空山松子落，幽人应未眠"的句子，正是这样的心情。

韦应物寄给朋友的这首诗，我感受最深的是"怀君"与"幽人"两词，怀君不只是思念，而有一种置之怀袖的情致，是温暖、明朗、平静的。当我们想起一位朋友，能感到有如怀袖般贴心，这才是"怀君"！而幽人呢？是清雅、温和、细腻的人，这样的朋友一生里遇不见几个，所以特别能令人在秋夜里动容。

朋友的情义是难以表明的，它在某些质地上比男女的爱情还要细致。若说爱情是彩陶，朋友则是白瓷。在黑暗中，白瓷能现出它那晶明的颜色；而在有光的时候，白瓷则有玉的温润，还有水晶的光泽。君不见在古董市场里，那些没有瑕疵的白瓷，是多么名贵呀！

当然，朋友总有人的缺点。我的哲学是，如果要交这个朋友，就要包容他一

切的缺点，这样，才不会互相折磨、相互受伤。

包容朋友就有如贝壳包容怀里的珍珠一样，珍珠虽然宝贵而明亮，但它是有可能使贝壳受伤的。贝壳要不受伤只有两个法子：一是把珍珠磨圆，呈现出其最温润光芒的一面；一是使自己的血肉更柔软，才能包容那怀里外来的珍珠。前者是帮助朋友，使他成为"幽人"；后者是打开心胸，使自己常能"怀君"。

我们在混乱的世界希望能活得有味，并不在于能断除一切或善或恶的因缘，而要学习怀珠的贝壳，要有足够广大的胸怀来包容，还要有足够柔软的风格来承受！

但愿我们的父母、夫妻、儿女、伴侣、朋友都成为我们怀中的明珠，甚至那些曾经见过一面的、偶尔擦身而过的、有缘无缘的人都成为我怀中的明珠，在白日、在黑夜都能散放互相映照的光芒。

写在水上的字

生命的历程就像写在水上的字，顺流而下，想回头寻找的时候总是失去了痕迹。因为在水上写字，无论多么费力，那字都不能永恒，甚至是不能成形的。

因此，如果我们企图停驻在过去的快乐里，那真是自寻烦恼，而我们不时从记忆中想起苦难，反而使苦难加倍。生命历程中的快乐或痛苦，欢欣或悲叹只是写在水上的字，一定会在时光里流走。

就像无常的存在是没有实体的。
实体的感受只是因缘的聚合，如同水与字一般。

身如流水，日夜不停流去，使人在闪灭中老去。
心也如流水，没有片刻静止，使人在散乱中迷茫地活着。
身心俱幻，正如在流水上写字，第二笔未写，第一笔就流到远方。
爱，也是在流水上写字，当我们说爱的时候，爱之念已流到远处。

美丽的爱是写在水上的诗，平凡的爱是写在水上的公文，爱的誓言是流水上偶

尔漂过的枯叶，落下时，总是无声地流走。

身心无不迁灭，爱欲岂有常驻之理？

既然生活在水上，且让我们顺着水的因缘自然地流下去。看见花开，知道是花的因缘具足了，花朵才得以绽放；看见落叶，知道是落叶的因缘具足了，树叶才会落下来。在一群陌生人之中，我们总会遇见那些有缘的人。等到缘尽了，我们就会如梦一样忘记他的名字和面孔，他也如写在水上的一个字，在因缘中散灭了。

我们生活着为什么会感觉到恐惧、惊怖、忧伤与苦恼？那是由于我们只注视写下的字句，却忘记字是写在一条源源不断的水上。水上的草木一一排列，它们互相并不顾望，顺势流去。人的痛苦在于前面的浮草思念着后面的浮木，后面的水泡又想看看前面的浮沤。只要我们认清字是写在水上，就能够心无挂碍，无有恐怖，远离颠倒梦想。

不能认清生命的历程是写在水上的字的人，是以迷心来看世界，世界就会变成一张网。挑起一个网目，就罩在千百个网目的痛苦中。
认清了万法如水，万事万物是因缘偶然的聚合，这是以慧心来观世界，世界就与自己的身心同时清净，冲破因缘之网而步上菩提之道。

在汹涌的波涛与急速的旋涡中，顺流而下的人，是不是偶尔会抬起头来，发现自己原是水上的一个字呢？

这种发现，是觉悟的开始，是菩提的尖牙。

生命的历程就像写在水上的字

顺流而下

想回头寻找的时候

总是失去了痕迹

琉璃王的悲歌

　　萨罗国的国王波斯匿，是佛陀初传教法时最大的护法。他在年轻时非常欣羡释迦族男女的俊美，因此渴望娶一位释种少女做王妃。

　　他派人到迦毗罗卫国的释迦族去提亲，由于有一部分释迦族人不肯将贵女嫁给邻国，最后把摩男家中婢女所生的女儿送给波斯匿王为妻。

　　这个出身卑微的婢女之女，就是后来非常有名的"胜鬘夫人"。胜鬘夫人非常贤惠，十分得到国王的宠爱，不久生下一个儿子琉璃王子。

　　琉璃王子幼年时代就常随母亲返回娘家迦毗罗卫国。由于释迦族的人都知道他母亲出身贫贱，常在暗地里取笑他，称他为"婢子"。他长到八岁的时候，奉父王之令到迦毗罗卫城学习射箭，经常被以白眼相待，甚至被怒斥，这加深了他心中的仇恨。年轻的王子于是发下恶愿：长大继承王位以后，一定要消灭释迦族。

　　波斯匿王过世后，王位传给琉璃王。他每次一想起童年的遭遇就心如刀刺。为了消多年之恨，他率领四军（象兵、骑兵、步兵、战车兵）大举向迦毗罗卫城出兵。

　　佛陀预先知道这件事，独自站在琉璃王大军向迦毗罗卫国前进的街道大树下，

等待国王及大军。挥车而至的琉璃王，看到佛陀无言地站立树下，想到父王生前是多么恭敬佛陀，他迟疑了一下，然后无言地带兵折返原路。

但是他的恨意并未随他折返，不久他的愤怒又爆发了。他再度率军出征，佛陀又站在路边的大树下，他的大军又折回去。第三次琉璃王发动大军，再一次看到佛陀。如是折回三次，琉璃王第四次发兵时，心里想："如果这一次再看到世尊，从此就停止进攻迦毗罗卫国。"没有想到，不知道是什么原因，第四次佛陀并没有站在路上，琉璃王便大举挥兵攻略了迦毗罗卫国。

经典上记载，琉璃王一共鏖杀了释种九千九百九十万人（这是极言其多），血流成河。他又捕捉了五百位端正美丽的释族贵女，要娶狎她们，被严峻地拒绝了。琉璃王更加嗔恚，把她们的手脚都砍断丢在深坑之中……释迦族的族人在琉璃王手中就像大海的泡沫般迅速地消失。

琉璃王的杀戮非常彻底，差不多灭了释迦一族。复了仇的琉璃王十分畅快，终日饮酒欢娱。到第七天，他率领诸兵众和诸彩女到阿脂罗河畔娱乐，夜半突然刮起暴风疾雨，河水大涨。琉璃王、兵众、彩女全被水所淹没。

旋即，琉璃王的宫殿不知何故起火，被焚毁了。

琉璃王落入阿鼻地狱，更不在话下。

这个记载在佛教原始经典里的故事，使我读了非常感伤。琉璃王以一个小时候的恶愿竟消灭了一个民族。释迦族则由于不诚实及鄙视，引来了难以想象的灾祸。可见人的心念是多么需要守护。一念的嗔恨及恶心，就像天火焚林一样，往往造成不可收拾的结果。

琉璃王的身世固然是一出很大的悲剧，但更让我们感慨的是，释迦牟尼是伟

大的觉者，他所属的种族释迦族，竟在他生前就惨遭屠戮而消灭了。就好像西方的圣人耶稣一样，从耶稣一出生，犹太民族就似乎注定了暗淡的命运，甚至到了近代，还是几百万的被杀害，连耶稣本人也被杀害，其悲惨并不亚于释迦族。

东西方两位圣人，他们种族的悲剧命运，里面一定有深刻的寓意与教化。我时常在长夜里，思索其中的命题，想到老年的佛陀悲伤地站在树下，预见了民族的灭亡；想到壮年的耶稣被赶到"骸骨之丘"，施以极刑，在忧伤的夕阳中看着自己人民的悲剧；我的心就悲绝而静默了，屋里只流动着空虚而喑哑的风。

呀！这是一个怎么样的人生命题呢？答案在哪里啊？我不知道！我真的不知道！

风里，也没有回答。

这是一个怎么样的人生命题呢

答案在哪里啊

风里

也没有回答

惜别的海岸

在恒河边，释迦牟尼与几个弟子一起散步的时候，他突然停住脚步问：

"你们觉得，是四大海的海水多呢，还是无始生死以来，为爱人离去时，所流的泪水多呢？"

"世尊，当然是无始生死以来，为爱人所流的泪水多了。"弟子们都这样回答。

佛陀听了弟子的回答，很满意地带领弟子继续散步。

我每一次想到佛陀和弟子说这段话时的情景，心情都不免为之激荡，特别是人近中年，生离死别的事情看得多了，每回见人痛心疾首地流泪，都会想起佛陀说的这段话。

在佛教所阐述的"有生八苦"之中，"爱离别"是最能使人心肝摧折的了。爱离别指的不仅是情人的离散，指的是一切亲人、一切好因缘终究会有散灭之日，这乃是因缘的实相。

因缘的散灭不一定会令人落泪，但对于因缘的不舍、执着、贪爱，却必然会使人泪下如海。

佛教有一个广大的时间观点，认为一切的因缘是由"无始劫"（就是一个无

量长的时间）来的，不断地来来去去、生生死死、起起灭灭。在这样长的时间里，我们为相亲相爱的人离别所流的泪，确实比天下四个大海的海水还多，而我们在爱别离的折磨中，感受到的打击与冲撞，也远胜过那汹涌的波涛与海浪。

不要说生死离别那么严重的事，记得我童年时代，每到寒暑假都会到外祖母家暂住。外祖母家有一大片柿子园和荔枝园，有八个舅舅、二十几个表兄弟姊妹，还有一个巨大的三合院。每一次假期要结束的时候，爸爸来带我回家，我总是泪洒江河。有一次抱着院前一棵高大的椰子树不肯离开，全家人都围着看我痛哭。小舅舅突然说了一句："你再哭，流的眼泪都要把我们的荔枝园淹没了。"我一听，突然止住哭泣，看到地上湿了一大片，自己也感到非常羞怯。如今，那个情景还时常从眼前浮现出来。

不久前，在台北东区的一家银楼，突然遇到了年龄与我相仿的表妹。她已经是一家银楼的老板娘，还提到那段情节，使我们立刻打破了二十年不见的隔阂，相对一笑。不过，一谈到家族的离散与寥落，又使我们心事重重。舅舅舅妈相继辞世，连最亲爱的爸爸也不在了，更觉得童年时为那短暂分别所流的泪是那么真实，是对更重大的爱别离在做着预告呀！

"会者必离，有聚有散"大概是人人都懂得的道理，可是在真正承受时，往往感到无常的无情。有时候看自己种的花凋零了，一棵树突然枯萎了，都会怅然而有湿意，何况是活生生的亲人呢？

爱别离虽然无常，却也使我们体会到自然之心，知道无常有它的美丽。想一想，

这世界上的人为什么大部分都喜欢真花，不爱塑胶花呢？因为真花会萎落，令人感到亲切。

凡是生命，就会活动，一活动就有流转、有生灭、有荣枯、有盛衰，仿佛走动的马灯，在灯影迷离之中，我们体验着得与失的无常、变动与打击的苦痛。

当佛陀用"大海"来形容人的眼泪时，我们一点都不觉得夸大。只要一个人真实哭过，体会过爱别离之苦，有时觉得连四大海都还不能形容，觉得四大海的海水加起来也不过我们泪海中的一粒浮沤。

在生死轮转的海岸，我们惜别，但不能不别，这是人最大的困局。然而生命就是时间，两者都不能逆转。与其跌跤而怨恨石头，还不如从今天走路就看脚下；与其被昨日无可换回的爱别离所折磨，还不如回到现在。

唉唉！当我说"现在"的时候，"现在"早已经过去了，现在的不可留，才是最大的爱别离呀！

用岁月在莲上写诗

那天路过台南县白河镇，就像暑天里突然饮了一盅冰凉的蜜水，又凉又甜。

白河小镇是一个让人吃惊的地方，它是本省最大的莲花种植地，在小巷里走，在田野上闲逛，都会在转折处看到一田田又大又美的莲花。那些经过细心栽培的莲花竟好似是天然生成，在大地的好风好景里毫无愧色，夏日里格外有一种欣悦的气息。

我去的时候正好是莲子收获的季节，种莲的人家都忙碌起来了，大人小孩全到莲田里去采莲子，对于我们这些只看过莲花美姿就叹息的人，永远也不知道种莲的人家是用怎么样的辛苦在维护一池莲，使它开花结实。

"夕阳斜，晚风飘，大家来唱采莲谣。红花艳，白花娇，扑面香风暑气消。你打桨，我撑篙，欸乃一声过小桥。船行快，歌声高，采得莲花乐陶陶。"我们童年唱过的《采莲谣》在白河好像一个梦境，因为种莲人家采的不是观赏的莲花，而是用来维持一家生活的莲子，莲田里也没有可以打桨撑篙的莲舫，而要一步一步踩在莲田的烂泥里。

采莲的时间是清晨太阳刚出来或者黄昏日头要落山的时分，一个个采莲人背

起了竹篓，带上了斗笠，涉入浅浅的泥巴里，把已经成熟的莲蓬一朵朵摘下来，放在竹篓里。采回来的莲蓬先挖出里面的莲子，莲子外面有一层粗壳，要用小刀一粒一粒剥开，晶莹洁白的莲子就滚了一地。

莲子剥好后，还要用细针把莲子里的莲心挑出来，这些靠的全是灵巧的手工，一粒也偷懒不得，所以全家老小都加入了工作。空的莲蓬可以卖给中药铺，还可以挂起来装饰；洁白的莲子可以煮莲子汤，做许多可口的菜肴；苦的莲心则能煮苦茶，既降火又提神。

我在白河镇看莲花的子民工作了一天，不知道为什么总是觉得种莲的人就像莲子一样，表面上莲花是美的，莲田的景观是所有作物中最美丽的景观，可是他们工作的辛劳和莲心一样，是苦的。采莲的季节在端午节到九月的夏秋之交，等莲子采收完毕，接下来就要挖土里的莲藕了。

莲田其实是一片污泥，采莲的人要防备田里游来游去的吸血水蛭，莲花的梗则长满了刺。我看到每一位采莲人的裤子都被这些密刺划得千疮百孔，有时候还被刮出一条条血痕，可见得依靠美丽的莲花生活也不是简单的事。

人世里一件最平凡的事物

也许是我们永远难以知悉的

即使微小如莲子

都有一套生命的大学问

小孩子把莲叶卷成杯状，捧着莲子在莲田埂上跑来跑去，才让我感知，再辛苦的收获也有快乐的一面。

莲花其实就是荷花，在还没有开花前叫"荷"，开花结果后就叫"莲"。我总觉得两种名称有不同的意义：荷花的感觉天真纯情，好像一个洁净无瑕的少女，莲花则宝相庄严，仿佛是即将生产的少妇。荷花是宜于观赏的，是诗人和艺术家的朋友；莲花带了一点生活的辛酸，是种莲人生活的依靠。想起多年来我对莲花的无知，只喜欢在远远的高处看莲、想莲，却从来没有走进真正的莲花世界，看莲田背后生活的悲欢，不禁感到愧疚。

谁知道一朵莲蓬里的三十个莲子，是多少血汗的灌溉？谁知道夏日里一碗冰凉的莲子汤是农民多久的辛劳？

我陪着一位种莲的人在他的莲田逡逡，看他走在占地一甲的莲田边，娓娓向我诉说一朵莲要如何下种、如何灌溉、如何长大、如何采收、如何避过风灾，等待明年的收成时，觉得人世里一件最平凡的事物也许是我们永远难以知悉的，即使微小如莲子，都有一套生命的大学问。

我站在莲田上，看日光照射着莲田，想起"留得残荷听雨声"恐怕是莲民难以享受的境界，因为荷残的时候，他们又要下种了。田中的莲叶坐着结成一片，站着也叠成一片，在田里交缠不清。我们用一些空虚清灵的诗歌来歌颂莲叶何田田的美，永远也不及种莲的人用他们的岁月和血汗在莲叶上写诗吧！

天寒露重，望君保重

寂寞秋霜树

绿红各几枝

冬来寒气至

天涯飘零时

——林清玄

　　到阳明山看樱花，春日的樱花一片繁华，仿如昨夜未睡的红星携手到人间游玩，来不及回到天上。

　　在每年樱花盛开的时候，我都会感到恋恋，隔个两三天总会到山上与樱花见面。

　　我喜欢在樱花林中散步，踩过满地的落英。这人间是多么繁华呀！人间的繁华又是多么容易凋落呀！樱花给我的启示是，不管时间是多么短暂，都要把一切的生命用来开放，如果盛放的时刻是美的，凋落时尽管无声，也会留下美的痕迹。

　　与樱花的相会，我总感觉与樱花的心灵相映，我们的心里保留了天地的爱、保存了美，才能在春风吹拂之前，温柔地点燃。

穿过樱花林，去泡个温泉吧！

阳明山的白温泉，如梦的乳花，使人觉得不似在人间，尤其坐在露天的温泉土坡，俯望着小草山，看山间日暮的浓雾迤逦前来，将整片山林包覆。

山是温柔，雾是温柔，樱花是温柔，心是一切温柔的起点，我愿能常保这一切温柔的心情。

我泡在温泉池里，看着茫茫白雾，突然从心底冒出了一句话："天寒露重，望君保重。"

这是妈妈写信给我最常用的句子。

我十五岁就离开家乡，在远地的城市读高中，每个星期，妈妈总会写信给我。也许是受日本教育的缘故，妈妈的信有固定的格式，信封上她写的是"林清玄君样"。春天，她常在信末写着"春日平安"；到了冬天，她总是写"天寒露重，望君保重。"

从高中时代到大学毕业，妈妈的问候语从未改变，一直到我装了电话，妈妈才停止写信给我。每年冬天的每个周末，我都期待着接到母亲的信，每当我看到"天寒露重，望君保重"时，内心总会涌起无限的暖流，在这么简短的语言里，蕴藏了妈妈深浓的爱意，爱是弥天盖地的，比雾还浓。

心是一切温柔的起点

我愿能常保这一切温柔的心情

与内心深刻的情意相比，文字显得无关紧要，作为一个作家想要描摹情意，画家想要涂绘心境，音乐家想要弹奏思想，都只是勉力为之。我们使用了许多复杂的技巧、细致的符号、美丽的象征、丰富的譬喻，到最后才发现，往往最简单的最能凸显精神，最素朴的最有隽永的可能。

我们花许多时间建一座殿堂，最终被看见的只是小小的塔尖，在更远的地方，或者连塔尖也不见，只能听到塔里的钟声。

"天寒露重，望君保重。"这是母亲给我的生命的钟声，在母亲离世多年以后，还温暖着我，使我眼湿。

简单，而有丰沛的爱。

平常，而有深刻的心。

这是母亲给我最美好的遗产，她的一生充满简单生活的美，美在自然、美在简单，美在含蓄。

我的文学，也希望，能不断地趋近那样的境界。

洗去了一切的尘埃，我带着淡淡的硫黄香气下山，摇下车窗，让山风吹拂脸颊。山风温柔无语，带着无可言说的芬芳穿过来、穿过去，山樱的红，枫叶的橙，茶花的白，也随山风迎面。

"天寒露重，望君保重。"我轻轻朗诵着母亲的话语，感觉这句话就可以供养天地。

感觉，在遥远的、如梦的、不可知仙境的妈妈，也能微笑垂听。

我有明珠一颗

久被尘劳关锁

一朝尘尽光生

照破山河万朵

不忘初心

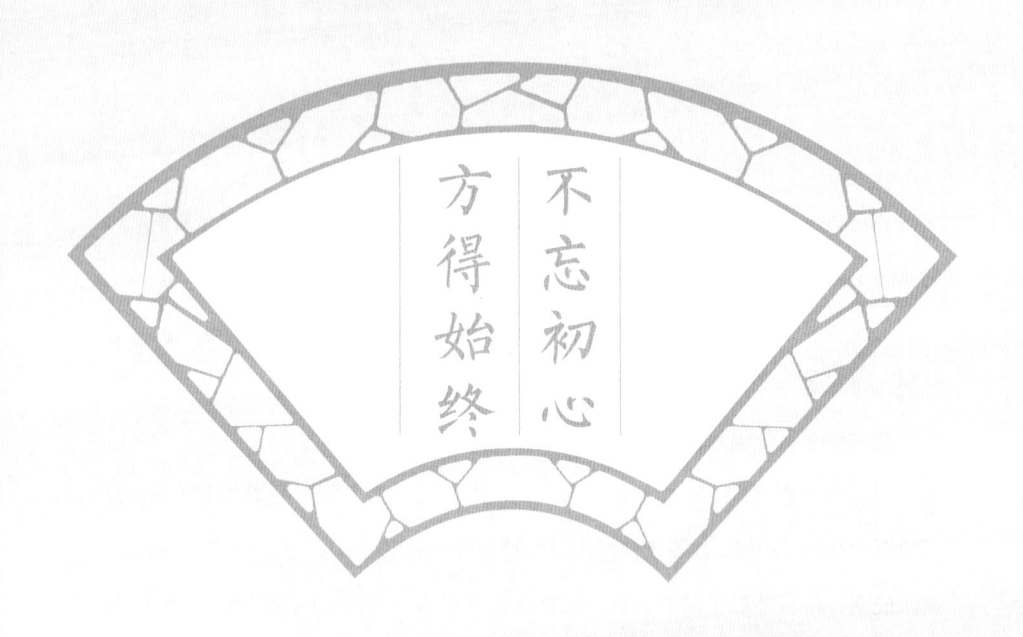

方得始终

吾心似秋月

白云守端禅师有一次与师父杨岐方会禅师对会，杨岐问："听说你从前的师父茶陵郁和尚大悟时说了一首偈，你还记得吗？"

"记得，记得，那首偈是：'我有明珠一颗，久被尘劳关锁；一朝尘尽光生，照破山河万朵。'"白云毕恭毕敬地说，不免有些得意。

杨岐听了，大笑数声，一言不发地走了。

白云怔坐在当场，不知道师父听了自己的偈为什么大笑，心里非常愁闷，整天都思索着师父的笑，找不出任何足以令师父大笑的原因。那天晚上他辗转反侧，无法成眠，苦苦地参了一夜。第二天实在忍不住了，大清早就去请教师父："师父听到郁和尚的偈为什么大笑呢？"

杨岐禅师笑得更开心，对着眼眶因失眠而发黑的弟子说："原来你还比不上一个小丑，小丑不怕人笑，你却怕人笑！"白云听了，豁然开悟。

这真是个幽默的公案，参禅寻求自悟的禅师把自己的心思寄托在别人的一言一行，因为别人的一言一行而苦恼，真的还不如小丑能笑骂由他，言行自在，那么了生脱死，见性成佛，哪里可以得致呢？

杨岐方会禅师在追随石霜慈明禅师时，也和白云遭遇了同样的问题。有一次他在山路上遇见石霜，故意挡住去路，问道："狭路相逢时如何？"石霜说："你且躲避，我要到那里去！"

　　还有一次，石霜上堂的时候，杨岐问道："幽鸟语喃喃，辞云入乱时如何？"石霜回答说："我行荒草里，汝又入深村。"

　　这些无不都在说明，禅心的体悟是绝对自我的，即使亲如师徒父子也无法同行。就好像人人家里都有宝藏，师父只能指出宝藏的珍贵，却无法把宝藏赠予。杨岐禅师曾留下禅语："心是根，法是尘，两种犹如镜上痕，痕垢尽时光始现，心法双亡性即真。"人人都有一面镜子，镜子与镜子间虽可互相照映，却是不能取代的。若把自己的喜怒哀乐寄托在别人的喜怒哀乐上，就永远在镜上抹痕，找不到光明落脚的地方。

　　在实际的人生里也是如此，我们常常会因为别人的一个眼神、一句笑谈、一

竹影婆娑
自然的公子

个动作而心不安，甚至茶饭不思、睡不安枕。其实，这些眼神、笑谈、动作在很多时候都是没有意义的，我们之所以心为之动乱，只是由于我们在乎。万一双方都在乎，就会造成"狭路相逢"的局面了。

生活在风涛泪浪里的我们，要做到不畏人言人笑，确是非常不易，那是因为我们在人我对应的生活中寻找依赖，另一方面则又在依赖中寻找自尊，偏偏，"依赖"与"自尊"又充满了挣扎与矛盾，使我们不能彻底地有人格的统一。

我们时常在报纸的社会版上看到，或甚至在生活周遭的亲朋中遇见，许多自虐、自残、自杀的人，理由往往是："我伤害自己，是为了让他痛苦一辈子。"这个简单的理由造成了许多人间的悲剧。然而更大的悲剧是，当我们自残的时候，那个"他"还是活得很好，即使真能使他痛苦，他的痛苦也会在时空中抚平，反而我们自残的伤痕一生一世也抹不掉。纵然情况完全合乎我们的预测，真使"他"一辈子痛苦，又于事何补呢？

可见，"我伤害我自己，是为了让他痛苦一辈子"，是多么天真无知的想法。因为别人的痛苦或欢乐是由别人主宰，而不是由我主宰，让别人痛苦而自我伤害，往往不一定使别人痛苦，却一定使自己落入不可自拔的深渊。反之，我的苦乐也应由我做主，若由别人主宰我的苦乐，那是蒙昧了心里的镜子，有如一个陀螺，因别人的绳索而转，转到力尽而止，如何对生命有智慧的观照呢？

认识自我、回归自我、反观自我、主掌自我，就成为智慧开启最重要的事。

小丑由于认识自我，不畏人笑，故能悲喜自在；成功者由于回归自我，可以不怕受伤，反败为胜；禅师由于反观自我如空明之镜，可以不染烟尘，直观世界。

认识、回归、反观自我都是通向自己做主人的方法。

但自我的认识、回归、反观不是高傲的，也不是唯我独尊，而应该有包容的心与从容的生活。包容的心是知道即使没有我，世界一样会继续运行，时空也不会有一刻中断，这样可以让人谦卑。从容的生活是知道即使我再紧张、再迅速，也无法使地球停止一秒，那么何不以从容的态度来面对世界呢？唯有从容地生活才能让人自重。

佛教的经典与禅师的体悟，时常把心的状态称为"心水"或"明镜"，这有甚深微妙之意，但"包容的心"与"从容的生活"庶几近之，包容的心不是柔软如心水，从容的生活不是清明如镜吗？

水，可以用任何状态存在于世界，不管它被装在任何容器，都会与容器处于和谐统一，但它不会因容器是方的就变成方的，它无须争辩，却永远不损伤自己的本质，永远可以回归到无碍的状态。心若能持平清净如水，装在圆的或方的容器，甚至在溪河大海之中，又有什么损伤呢？

水可以包容一切，也可以被一切包容，因为水性永远不二。

但如水的心，要保持在温暖的状态才可启用，心若寒冷，则结成冰，可以割裂皮肉，甚至冻结世界。心若燥热，则化成烟气消逝，不能再觅，甚至烫伤自己，燃烧世界。

如水的心也要保持在清净与平和的状态才能有益，若化为大洪、巨瀑、狂浪，则会在汹涌中迷失自我，及至伤害世界。

我们在现实生活中所以会遭遇苦痛，正是无法认识心的实相，无法恒久保持温暖与平静，我们被炽热的情绪燃烧时，就化成贪婪、嗔恨、愚痴的烟气，看不见自己的方向；我们被冷酷的情感冻结时，就凝成傲慢、怀疑、自怜的冰块，不能用来洗涤受伤的创口了。

禅的伟大正在这里，它不否定现实的一切冰冻、燃烧、澎湃，而是开启我们的本质，教导我们认识心水的实相，心水的如如之状，并保持这"第一义"的本质，不因现实的寒冷、人生的热恼、生活的波动，而忘失自我的温暖与清净。

镜，也是一样的。

一面清明的镜子，不论是最美丽的玫瑰花或是丑陋的屎尿，都会显出清楚明确的样貌；不论是悠忽缥缈的白云或平静恒久的绿野，也都能自在扮演它的状态。

可是，如果镜子脏了，它照出的一切都是脏的，一旦镜子破碎了，它就完全失去觉照的功能。肮脏的镜子就好像品格低劣的人，所见到的世界都与他一样卑劣；破碎的镜子就如同心性狂乱的疯子，他见到的世界因自己的分裂而无法启用了。

禅的伟大也在这里，它并不教导我们把屎尿看成玫瑰花，而是教我们把屎尿看成屎尿、玫瑰看成玫瑰。它既不否定卑劣的人格，也不排斥狂乱的身心，而是教导卑劣者擦拭自我的尘埃，转成清明，以及指引狂乱者回归自我，有完整的观照。

水与镜子是相似的东西，平静的水有镜子的功能，清明的镜子与水一样晶莹，水中之月与镜中之月不是同样的月之幻影吗？

禅心其实就在告诉我们，人间的一切喜乐我们要看清，生命的苦难我们也该承受，因为在终极之境，喜乐是映在镜中的微笑，苦难是水面偶尔飞过的鸟影。流过空中的鸟影令人怅然，镜子里的笑痕令人回味，却只是偶然的一次投影呀！

唐朝的光宅慧忠禅师，因为修行甚深微妙，被唐肃宗迎入京都，待以师礼，朝野都尊敬为国师。

有一天，当朝的大臣鱼朝恩来拜见国师，问曰："何者是无明，无明从何起？"

慧忠国师不客气地说："佛法衰相今现，奴也解问佛法！"（佛法快要衰败了，像你这样的人也懂得问佛法！）

鱼朝恩从未受过这样的屈辱，立刻勃然变色，正要发作，国师说："此是无明，无明从此起。"（这就是蒙蔽心性的无明，心性的蒙蔽就是这样开始的。）

鱼朝恩当即有省，从此对慧忠国师更为钦敬。

正是如此，任何一个外在因缘而使我们波动都是无明，如果能止息外在所带来的内心波动，则无明即止，心也就清明了。

大慧宗杲禅师也有一个类似的故事。有一天，一位将军来拜见他，对他说："等我回家把习气除尽了，再来随师父出家参禅。"

大慧禅师一言不发，只是微笑。

过了几天，将军果然又来拜见，说："师父，我已经除去习气，要来出家参禅了。"

大慧禅师说："缘何起得早，妻与他人眠？"（你怎么起得这么早，让妻子在家里和别人睡觉呢？）

将军大怒："何方僧秃子，焉敢乱开言！"

禅师大笑，说："你要出家参禅，还早呢！"

可见要做到真心休寂，衰乐不动，不为外境言语流转迁动是多么不易。我们被外境的迁动就有如对着空中撒网，必然是空手而出，空手而回，只是感到人间

徒然，空叹人心不古，世态炎凉罢了。禅师，以及他们留下的经典，都告诉我们本然的真性如澄水、如明镜、如月亮，我们几时见过大海被责骂而还口，明镜被称赞而欢喜，月亮被歌颂而改变呢？大海若能为人所动，就不会如此辽阔；明镜若能被人刺激，就不会这样干净；月亮若能随人而转，就不会那样温柔遍照了。

两袖一甩，清风明月；仰天一笑，快意平生；布履一双，山河自在；我有明珠一颗，照破山河万朵……这些都是禅师的境界，我们虽不能至，心向往之，如果可以在生活中多留一些自己给自己，不要千丝万缕地被别人牵动，在觉性明朗的那一刻，或也能看见般若之花的开放。

历代禅师中最不修边幅，不在意别人眼目的就是寒山、拾得，寒山有一首诗说：

吾心似秋月，

碧潭清皎洁；

无物堪比伦，

更与何人说！

明月为云所遮，我知明月犹在云层深处；碧潭在无声的黑夜中虽不能见，我知潭水仍清。那是由于我知道明月与碧潭平常的样子，在心的清明也是如此。

可叹的是，我要用什么语言才说得清楚呢？寒山大师在很久很久以前就有这样清澈动人的叹息了！

发芽的心情

有一年，我在武陵农场打工，为果农收获水蜜桃与水梨。那时候是冬天，清晨起来要换上厚重的棉衣，因为山中的空气格外有一种清澈的冷，深深呼吸时，凉沁的空气就涨满了整个胸肺。

我住在农人的仓库里，清晨挑起箩筐到果园子里去，薄雾正在果树间流动，等待太阳出来时再往山边散去。在薄雾中，由于枝丫间的叶子稀疏，可以清楚地看见那些饱满圆熟的果实，从雾里浮现出来，青鲜的、还挂着夜之露水的果子，如同刚洗过一个干净的澡。

雾掠过果树，像一条广大的河流般，这时阳光正巧洒下满地的金线，果实的颜色露出来了，梨子透明一般，几乎能看见表皮内部的水分。成熟的水蜜桃有一种粉状的红，在绿色的背景中，那微微的红，如鸡心石一样，流动着一棵树的血液。

我最喜欢清晨曦光初现的时刻。那时，一天的劳动刚要开始，心里感觉到要开始劳动的喜悦，而且面对一片昨天采摘时还青涩的果子，经过夜的洗礼，竟已成熟了，可以深切地感觉到生命的跃动，知道每一株果树全都有着使果子成长的力量。我小心地将水蜜桃采下，放在已铺满软纸的箩筐里，手里能感觉到水蜜桃的重量，以及那充满甜水的内部质地。捧在手中的水蜜桃，虽已离开了它的树枝，

却像一株果树的心。

采摘水蜜桃和梨子原不是粗重的工作，可是到了中午，全身几乎已经汗湿，中午冬日的暖阳使人不得不脱去外面的棉衣。这样轻微的劳作，为何会让人汗流浃背呢？有时我这样想着。后来找到的原因是：水蜜桃与水梨虽不粗重，但它们那样容易受伤，非得全神贯注不可——全神贯注也算是我们对大地生养的果实应有的一种尊重吧！

才一个月的时间，我们差不多把果园中的果实完全采尽了，工人们全部放工，转回山下，我却爱上了那里的水土，经过果园主人的准许，我可以在仓库里一直住到春天。能够在山上过冬是我意想不到的，那时候我早已从学校毕业，正等待着服兵役的征集令，由于无事，心情差不多放松下来了。我向附近的人借到一副钓具，空闲的时候，就坐客运车到雾社的碧湖去徜徉一天，偶尔能钓到几条小鱼，通常只是饱览了风景。

有时候我坐车到庐山去洗温泉，然后在温泉岩石上晒一个下午的太阳；有时候则到比较近的梨山，在小街上散步，看那些远远从山下爬上来赏冬景的游客。夜间一个人在仓库里，生起小小的煤炉，饮一壶烧酒，然后躺在床上，细细地听着窗外山风吹过林木的声音，深深觉得自己是完全自由的人，是在自然中与大地上工作过、静心等候春天的人。

采摘过的果园并不因此就放了假，果园主人还是每天到园子里去，做一些整理剪枝除草的工作，尤其是剪枝，需要长期的经验与技术，听说光是剪枝一项，就会影响明年的收成。我的四处游历告一段落，有一天到园子去帮忙整理，我所见的园中景象令我大大吃惊。因为就在一个月前曾结满累累果实的园子，这时全像枯萎了一般，不但没有了果实，连过去挂在枝干尾端的叶子也都凋落净尽，只

但我并不完全了解春天
就像我从树身上知道了春的信息
不能了解树的心情
我只能看到树的外观

有一两株果树上，还留着一片焦黄的、在风中颤抖着随时要落在地上的黄叶。

园中的落叶几乎铺满地，走在上面窸窣有声，每一步都把落叶踩裂，碎在泥地上。我并不是不知道冬天的树叶会落尽的道理，但是对于生长在南部的孩子，树总是常绿的，看到一片枯树反而觉得有些反常。

我静静地立在园中，环目四顾，看那些我曾为它们的生命、为它们的果实而感动过的果树，如今充满了肃杀之气，我不禁在心中轻轻叹息起来。同样的阳光、同样的雾，却洒在不同的景象之上。

曾经雇用过我的主人，不能明白我的感伤，走过来拍我的肩，说："怎么了？站在这里发呆？"

"真没想到才几天的工夫，叶子全落尽了。"我说。

"当然了，今年不落尽叶子，明年就长不出新叶；没有新叶，果子不知道要长在哪里呢！"园主人说。

然后他带领我在园中穿梭，手里拿着一把利剪，告诉我如何剪除那些已经没有生长力的树枝。他说那是一种割舍，因为长得太密的枝丫，明年固然能结出许多果子，但一棵果树的力量是有限的，太多的树枝可能结出太多的果，却会使所有的果都长得不好，经过剪除，就能大致把握明年的果实。我虽然感觉到那对一棵树的完整有伤害，但作为一棵果树，不就是为了结果吗？为了结出更好的果，母株总要有所牺牲。

我看到有些拇指粗细的枝丫被剪落，还流着白色的汁液，说："如果不剪枝呢？"

园主人说："你看过山地里野生的芭乐吗？它的果子一年比一年小，等到树枝长得过盛，根本就不能结果了。"

我们在果园里忙碌地剪枝除草，全是为了明年的春天做准备。春天，在冬日的冷风中，感觉像是十分遥远的日子，但是拔草的时候，看到那些在冬天也顽强

抽芽的小草，似乎春天就在那深深的土地里，随时等候着涌冒出来。

果然，我们等到了春天。

其实说是春天还嫌早，因为气温仍然冰冷一如前日。我去园子的时候，发现果树像约定好的一样，几乎都抽出绒毛一样的绿芽，那些绒绒的绿昨夜刚从母亲的枝干挣脱出来，初面人世，每一片都绿得像透明的绿水晶，抖颤地睁开了眼睛。我尤其看到初剪枝的地方，芽抽得特别早，也特别鲜明，仿佛是在补偿着母亲的阵痛。我在果树前深深地受到了感动，好像我也感觉了那抽芽的心情。那是一种春天的心情，只有在最深的土地中才能探知。

我无法抑制心中的兴奋与感动，每天第一件事就是跑去园子，看那些喧哗的芽一片片长成绿色的叶子，并且有的还长出嫩绿的枝丫，逐渐在野风中转成褐色。有时候，我一天去看好几次，感觉在黄昏的落日里，叶子长得比黎明时要大得多。那是一种奇妙的观察，确实能知道春天的信息。春天原来是无形的，可是借着树上的叶、草上的花，我们竟能真切地触摸到春天——冬天与春天不是像天上的两颗星那样遥远，而是同一株树上的两片叶子，那样密切地跨步走。

我离开农场的时候，春阳和煦，人也能感觉到春天的触摸。园子里的果树也差不多长出一整树的叶子，但是有两株果树却没有发出新芽，枝丫枯干，一碰就断落，它们已经在冬天里枯干了。

果园的主人告诉我，每一年，过了冬季，总有一些果树就那样死去了，有时连当年结过好果实的树也不例外。他也想不出什么原因，只说："果树和人一样，也有寿命，短寿的可能未长果就夭折，有的活了五年，有的活了十几年，真是说不准。奇怪的是，果树的死亡没有什么征兆，有的明明果子长得好好的，却就那样死去了……"

"真奇怪，这些果树是同时播种，长在同一片土地上，受到相同的照顾，品种也都一样，为什么有的冬天以后就活不过来了呢？"我问着。

我们都不能解开这个谜题，站在树前互相对望。夜里，我为这个问题而想得失眠了。果树在冬天落尽叶子，为何有的在春天不能复活呢？园子里的果树都还年轻，不应该这样就死去！

"是不是有的果树不是不能复活，而是不肯活下去呢？就像一些人失去了生的意志而自杀了？或者说，在春天里发芽也要心情，那些强悍的树被剪枝，就用发芽来补偿，而比较柔弱的树被剪枝，则伤心地失去了春天的期待与心情。树，是不是有心情的呢？"我这样反复地询问自己，知道难以找到答案，因为我只能看到树的外观，不能了解树的心情。就像我从树身上知道了春的信息，但我并不完全了解春天。

我想到，人世里的波折其实也和果树一样。有时候我们面临冬天的肃杀，却还要被剪去枝丫，甚至流下了心里的汁液。那些懦弱的人，就不能等到春天，只有永远保持春天的心情等待发芽的人，才能勇敢地过冬，才能在流血之后还能满树繁叶，然后结出比剪枝以前更好的果实。

多年以来，我心中时常浮现出那两株枯死的水蜜桃树，尤其是受到无情的波折与打击时，那两株原本无关紧要的桃树，它们的枯枝就像两座生铁的雕塑，从我的心房中撑举出来，我对自己说："跨过去，春天不远了，我永远不要失去发芽的心情。"果然，我就不会被冬寒与剪枝击败，虽然有时静夜想想，也会黯然流下泪来，但那些泪，在一个新的春天来临时，往往成为最好的肥料。

无风絮自飞

在我们家乡有一句话，叫"菜瓜藤，肉豆须，分不清"，意思是丝瓜的藤蔓与肉豆的茎须一旦纠缠在一起，是无法分辨的。

因此，像兄弟分家产的时候，夫妻离婚的时候，有许多细节部分是无法处理的，老一辈的人就会说："菜瓜藤与肉豆须，分不清呀！"还有，当一个人有很多亲戚朋友，社会关系异常复杂的时候，也可以用这一句来形容。以及一个人在过程中纠缠不清，甚至看不清结局之际，也可以用这一句来形容。

住在都市的人很难理解到这九个字的奥妙，因为他们没有机会看到丝瓜与肉豆藤须缠绵的样子。乡下人谈到人事难以理清的真实情境，一提到这句话都会不禁莞尔，因为丝瓜与肉豆在乡间是最平凡的植物，几乎家家都有种植。我幼年时代，院子的棚架下就种了许多丝瓜和肉豆，看到它们纠结错综，常常会令我惊异，真的是肉眼难辨，现在回想起来，感觉到现代人复杂难以理清的人际关系，确实像这两种植物藤蔓的纠缠，想找到丝瓜与肉豆的根与果是不难的，但要在生长的过程分辨就非常困难了。

有一次我发了笨心，想要彻底地分辨两者的不同，却把丝瓜和肉豆的茎叶都

扯断了。父亲看见了觉得很好笑，就对我说："即使你能分辨这两株植物又有什么意义呢？你只要在它们的根部浇水施肥，好好地照顾它们长大，等到丝瓜和肉豆长出来，摘下来吃就好了。丝瓜和肉豆都是种来食用的，不是种来分辨的呀！"

父亲的话给我很好的启示，在人生一切关系的对应上也是如此，一个人只要站稳脚跟，努力地向上生长，有时不免和别人纠缠，又有什么要紧呢？不忘失自己的立场与尊严，最后就会结出果实来，当果实结成的时刻，一切的纠缠就不重要了。

另外一个启示就是自然，万事万物都有其自然的法则，依循这自然的发展，常常回头看看自己的脚跟，才是生命成长正常的态度。种什么样的因会结出什么样的果，是必然的，丝瓜虽与肉豆无法分辨，但丝瓜是丝瓜，肉豆是肉豆，这是永远不会变的，我们能做的就是让丝瓜长出好的丝瓜，让肉豆结出肥硕的肉豆！

丝瓜是依自然之序而生长结果，红花是这样红的，绿叶也是这样绿的，没有

不雨花犹落
无风絮自飞

人能断绝自然而超越地活在世界，所以禅师说，"不雨花犹落，无风絮自飞"，花与絮的飞落不必因为风雨，而是它已进入了生命的时序。

日本的道元禅师到中国习禅归国后，许多人问他学到了什么，他说："我已真正领悟到眼睛是横着长、鼻子是竖着长的道理，所以我空着手回来。"

听到的人无不大笑，但是立刻他们的笑声都冻结了，因为他们之中没有人知道为何鼻子竖着长而眼睛横着长，这使我们知道，禅心就是自然之心，没有经过人生庄严地历练，是无法领会其中真谛的呀！

沙漠中的旗杆

　　楼兰，是中国北方一个最神秘的国度。

　　因为它在汉朝以前就发展出非常伟大的文明，它介于中国与大宛国之间，国力十分强盛。汉武帝派遣大使到大宛去，常常被楼兰挡道，甚至击杀，即使强悍如汉武帝，对这个远在边塞的强国也莫可奈何。

　　这样一个武功文治都强大的国家，它的地点在今天新疆维吾尔自治区的东南戈壁，一直到隋唐，历史上都还记载楼兰的种种。可是有一天，楼兰国却完全在沙漠中消失，消失的原因是被狂大的沙漠风暴所掩埋。它消失的时间却是一个历史的大谜题，只知道唐朝以后再也没有人见过楼兰古国了，对该国的文明也完全无知。

　　直到清朝光绪年间以后，探险家、考古家才开始挖掘出楼兰的废墟，并在其中找到铜器、陶片、用具、织物、雕刻木器、书简等遗物。人们才知道，原来早在汉朝以前，楼兰已经是高度文明的国家，它的文明甚至不逊于中国。

　　大陆的考古队曾在楼兰遗址挖出一具震惊世界的女尸。这具女尸只是随便地

埋在沙漠里，历经千余年却还保存完好，金黄色的头发还有光泽，脸部轮廓清晰，据说她的皮肤还有弹性，而胃部还有未消化完的食物。我们从这具女尸看出，楼兰国的种族，连长相都和中国人不同。

这具女尸，据考证的结果，她死时还非常年轻。她身上穿的衣服、头上戴的帽子都十分讲究。有考古学家说，她可能还是个新娘……至于她是怎么死的，是在楼兰消失前死的？或是在楼兰国被黄沙埋没那时刻消失了生命？则不得而知。

我看过杂志报道的图片，也看过纪录电影中的楼兰女尸，当时曾令我相当悲哀。如果她真是一个新娘，却在新婚之夜，整个国家被沙土埋没，那是她在最黄金的年代里遇到的最暗淡可怖的事件。可惜，楼兰国所在地始终没有再发现别的完整尸体，当然也没有她的丈夫，我的悲哀只是个人的玄想罢了。

说到楼兰的玄想，由于它在中国历史的记载中，如谜一样开始，也如谜一样消失，才成为近代武侠小说作家经常玄想的题材。从武侠小说中得来的想象是，楼兰国的男人总是挺拔而有超凡的武功，女人总是秀美而温顺，它的宫廷和中国一样，有雄伟的建筑，人人穿着华丽的盛服。

这也只是武侠作家心中的楼兰，著名武侠小说家古龙就在他的名作《楚留香系列》中有过惊人的抒情描写。至于真实的楼兰情况是无人能知的，连"楼兰新娘"都无法给我们一点回答。我想，真正的楼兰可能没有小说中那样美，却由于它的早夭，给我们留下无限的想象天地；也因为它身处大漠，它的消失确实给了我们一种悲壮的感情。

楼兰的影响不仅及至武侠小说家，一般民间也留下许多传说，这些传说使楼

兰不至于完全消失于大漠，成为它在人们心中留下的证据。

近读陈斯英先生著的《西北万里行》一书，中间有一段关于楼兰的传说，极有趣味。陈先生是在旅居乌鲁木齐期间听到这个传说的，并用生动的笔触将它记载了下来。

据说楼兰城内有一位外来的教师，由于为人仁慈慷慨，深为当地人敬重爱戴。有一天黄昏来了一位道士模样的老人，告诉他："本城今夜将有大风来袭，你闻到风声，应立即走出门外，到那根竖立在空地中央的旗杆前，闭上眼睛，环绕旗杆疾走，不可稍停，必须等到风止之后，才可睁开眼睛，千万记住。"老人说完话，便匆匆辞去。

到午夜时分，外面果然刮起强风，来势甚猛，声如雷鸣。他急速走出屋外，直奔旗杆前，绕着旗杆闭目疾走，但觉狂风挟着沙粒，一阵阵不断袭来，使他感到像在一片波涛中浮沉飘荡。

不知道过了多少时间，他因疲乏而不能疾走，幸好风势也减弱了，他举步维艰，终于昏倒过去。当阳光把他晒醒的时候，他发现自己躺在一片黄沙上，四野寂然，整个楼兰已消失无踪，只剩一片苍莽荒漠。

最初，他以为只是被狂风吹到另一个沙漠，及至发现身旁一根两三尺的木桩，原来是昨夜他绕着疾走的高达二三十尺的旗杆，他才相信楼兰国和所有人民已经和旗杆底部被一起埋进流沙之中，他自己因为一直绕旗杆疾走，始终站在风沙上，才没被淹没。这个传说的结尾是，楼兰的那个教师向库鲁克山脉走去，在途中的一处绿洲获救，才说出楼兰国灭亡的经过。

读完这个传说，我掩卷长叹。一个强大的国家在大自然的威力下，存亡竟只在一夕之间，只留下一个凄凉的传奇故事，虽然这个传奇还是颇可置疑的。

我想起十六世纪在荷兰，有一个城市叫安特威普（Antwerp），它最繁盛的时候，全市有七十八个屠夫、一百六十九个面包师，却有三百多个专业画家，是最兴盛的艺术之都。可是它莫名其妙地消失了，只留下一个城的名字和少数记载，连艺术都未能留下。可惜那些画家没有人能得仙人指示，也没有沙漠中的旗杆，未能幸存。

楼兰的传说，经过历史洗礼后有一种凄然的美，但也不能为楼兰证明什么，只证明它灭亡的快速。其实，一个国家，一个时代，一个人，在时空中的生命何其短促！

生命的路有时真像沙漠中无涯的黄沙，旗杆是沙漠中的理想，一个唯一可以凭借的事物。如果生命能绕着一个不动的理想疾走，终可以走出一条生路的吧！——楼兰如谜，它留下的传奇，却给我这样新的启示。

改变表相最好的方法
不是在表象上下功夫
一定要从内在里改革

生命的化妆

我认识一位化妆师。她是真正懂得化妆，而又以化妆闻名的。对于这生活在与我完全不同领域的人，我增添了几分好奇，因为在我的印象里，化妆再有学问，也只是在皮相上用功，实在不是有智慧的人所应追求的。

因此，我忍不住问她："你研究化妆这么多年，到底什么样的人才算会化妆？化妆的最高境界到底是什么？"

对于这样的问题，这位年华已逐渐老去的化妆师露出一个深深的微笑，她说："化妆的最高境界可以用两个字形容，就是'自然'。最高明的化妆术，是经过非常考究的化妆，让人家看起来好像没有化过妆一样，并且这化出来的妆与主人的身份匹配，能自然表现那个人的个性与气质。次级的化妆是把人突显出来，让她醒目，引起众人的注意。拙劣的化妆是一站出来别人就发现她化了很浓的妆，而这层妆是为了掩盖自己的缺点或年龄的。最坏的一种化妆，是化过妆以后扭曲了自己的个性，又失去了五官的协调，例如小眼睛的人竟化了浓眉，大脸蛋的人竟化了白脸，阔嘴的人竟化了红唇……"

没想到，化妆的最高境界竟是无妆、竟是自然，这可使我刮目相看了。

化妆师看我听得出神，继续说："这不就像你们写文章一样？拙劣的文章常常是词句的堆砌，扭曲了作者的个性。好一点的文章是光芒四射，吸引了人的视线，

但别人知道你是在写文章。最好的文章，是作家自然的流露。他不堆砌，读的时候不觉得是在读文章，而是在读一个生命。"

多么有智慧的人呀！可是，"到底做化妆的人只是在表皮上做功夫呀！"我感叹地说。

"不对的，"化妆师说，"化妆只是最末的一个枝节，它能改变的事实很少。深一层的化妆是改变体质，让一个人改变生活方式、睡眠充足、注意运动与营养，这样她的皮肤改善、精神充足，比化妆有效得多。再深一层的化妆是改变气质，多读书、多欣赏艺术、多思考、对生活乐观、对生命有信心、心地善良、关怀别人、自爱而有尊严，这样的人就是不化妆也丑不到哪里去，脸上的化妆只是化妆最后的一件小事。我用三句简单的话来说明：三流的化妆是脸上的化妆，二流的化妆是精神的化妆，一流的化妆是生命的化妆。"

化妆师接着做了这样的结论："你们写文章的人不也是化妆师吗？三流的文章是文字的化妆，二流的文章是精神的化妆，一流的文章是生命的化妆。这样，你懂化妆了吗？"

我为了这位女性化妆师的智慧而起立向她致敬，深为我最初对化妆师的观点感到惭愧。

告别了化妆师，回家的路上我走在夜黑的地表，有了这样深刻的体悟：这个世界一切的表相都不是独立自存的，一定有它深刻的内在意义，那么，改变表相最好的方法，不是在表相上下功夫，一定要从内在改革。

可惜，在表相上用功的人往往不明白这个道理。

思想的天鹅

　　有时候我在想，人的思想究竟像什么呢？有没有一种具体形象的事物可以来形容我们的思想？

　　偶尔，我觉得思想像彩色的蝴蝶，在盛开的花园中采蜜，但取其味，不损色香，而这蝴蝶不能在我们预设的花园中飞翔，它随风翻转，停在一些我们不能考察的花丛中，甚至让我觉得，那蝴蝶停下来时有如一枝花。

　　偶尔，我觉得思想犹如海洋，广度与深度都不可探测，在它涌动的时候，或者平缓如波浪，或者飞溅如海啸，或者反映蓝天与星光。只是，思想在某些时候会有莫名的力量，那像渔汛或暖流、黑潮从未知的北方来到，那可能就是被称为"灵感"的东西。

　　偶尔，我觉得思想像《诗经》中说的"鸢飞戾天，鱼跃于渊"中的鸢或是鱼，上及飞鸟下至渊鱼，无不充满了生命力，无不欢欣悦怡、德教明察。鸢鸟的眼睛是最锐利的，可以在一千米以上的高空，看见茂盛草原中奔跑的一只小鼠；鱼的眼睛则永远不闭，那是由于海中充满凶险，要随时改变位置。

不过，蝴蝶的翅力太弱，生命也太短暂；而海洋则过于博大，不能主宰；鸢呢？鸢太过强猛，欠缺温柔的性质；鱼则过于惊慌，因本能而生活。

思想如果愿意给一个形象，我愿自己的思想像天鹅一样。天鹅的古名叫鹄，是吉祥的鸟，是"燕雀安知鸿鹄之志"中那种两翼张开有六尺长的大鸟。它生长于酷寒的北方，能顺着一定的轨迹，越过高山大河到达南方的温暖之地。它既善于飞翔，也善于游泳；它性情温和，而意态优雅；它善知合群，能互相守望；它颜色分明，非白即黑；它能安于环境，不致过分执着……天鹅有许多好的品性，它的耐力、毅力与气质，都是令人倾倒的。芭蕾舞剧《天鹅湖》中，对情感至死不渝的天鹅，不知道使多少人为之动容。

我愿意自己的思想浩大如天鹅之越过长空，在动荡迁徙的道路上，不失去温和与优雅的气质。更要紧的是，天鹅是易于驯养的，使我不至于被思想牵动，而能主引自己的思想，让它在水草丰美的湖滨自在优游。

据说，驯养天鹅有两个方法：一个是把天鹅的一边翅膀修掉，使它失去平衡不能起飞，它就会安住于湖边；另一个方法是，把天鹅养在一个较小的池塘里，由于天鹅的起飞，必须先在水中滑翔一段路途，才能凌空而去，若池塘太小，它滑翔的路程太短就不能起飞了。从前，欧洲的动物园用前一个方法驯养天鹅，后来觉得残忍，并且展翅的时候丑陋，现在都用后面的方法。

驯养思想的天鹅似乎不必如此，而是确立一个水草丰美的湖泊作为天鹅的家乡，让它既保有平衡的双翼（智慧与悲悯），也让它有广大的湖泊（清白的自性），

然后就放心地让它展翅翱翔吧！只要我们知道天鹅是季候之鸟，不管它飞到哪里，它在心灵中永远不会忘记自己的家乡。经过数万里时空，在千灾万劫里流浪之后，有一天，它就会飞回它的家乡。

传说从前科举时代有一段时间，凡是到京城应试的士子都要穿"鹄袍"，译成白话就是要穿"天鹅服"，执事的人只要看见穿白袍的人就会肃然起敬。因为那些穿着白衣的年轻孩子，将来会有许多位至公卿，是不可轻视的。佛教把居士称为"白衣"，称为"素"，也是这个意思。

思想的天鹅也像身穿白袍的士子，纯洁、青春，充满了对将来的热望，在起飞的那一刻不能轻视，因为它会万里翱翔，主宰人的一生。

在我的清明之湖泊，有一只时常起飞的天鹅，我看它凌空而去，用敏锐的眼睛看着世界，心里充满对生命探索的无限热忱。我让那只天鹅起飞，心里一点不操心，因为我知道天鹅有一个家乡，它的远途旅行只是偶然的栖息，它总会飞回来，并以一种优雅温柔的姿势，在湖中降落。

从人生的最底层出发

在人生最底层也不要放弃飞翔的梦想

我的人生几乎是从最底层出发的。我生长在一个几乎没有文化和文明的地方，而且家庭十分贫困。我没有读过什么好的学校，学校里老师的经验也都很不足，就像教我们英文的老师，其实他只是受了几个月的短训就上岗了。但这没有妨碍我们的成长。

这个老师教我们用汉字来记住英文单词，"土堆"就是 today，"也是土堆"是 yesterday，而 tomorrow 就理所应当地变成了"土马路"。于是，我记住了这些单词，还明白了一个道理："今天是土堆没关系，昨天是土堆也没关系，只要明天能成为一条土马路就行。"

十七岁那年，我决定离开家乡。临行前，妈妈送了我一样东西，一个玻璃的瓶子，里面装着黑黑的东西。母亲说："你别小看，这里面装了三样重要的东西，一样是拜祖先的香炉里的香灰，一样是农田里的土，还有一样是井里的水。闽南的祖先们在离开家乡的时候都会带着这个，说是带着这个去到别处就不会水土不服，

而且有了它们，走到哪里，哪里就是你的家乡。"这个瓶子至今还摆在我的桌上，它让我明白了什么是家乡。

因为身上没钱，离家后的生活一度过得很苦。我曾经在餐馆当过服务生，做过码头工人，摆过地摊，还在洗衣店烫过衣服，甚至还杀过猪。杀完猪回到家，洗完手，就继续写作，变成作家。那会儿我十七岁，开始陆续发表作品，被一部分读者视为"天才"。

我一直坚持写作，希望能变成一个成功的作家。在我们那个地方几百年来没有出现过一个作家，我知道要实现自己的理想，一定要比别人更勤快。我从小学三年级时开始，规定自己每天写五百字，不管刮风下雨，心情好坏；到了中学，每天写一千字的文章；到了大学，每天写两千字的文章；大学毕业以后每天写三千字的文章；到现在已经四十年了，我每天还写三千字的文章。我还有个习惯，就是绝不废话，能三千字写完的，绝不会写成五千字，能五百字写完的绝不会变成一千字。

在我生长的年代，要当作家很难，因为稿费很少。为了生存，我开始去报社上班。和当时的所有年轻人一样，我渴望成功，希望得到名利、金钱、影响力。我工作很卖力，因而很快就升迁，第六年就当了总编辑，同时还在报纸上写十八个专栏，主持节目当电视公司的经理，还做了广播节目《林清玄时间》，一时风头无两，成为大众眼中成功的人。到如今，我一共写了一百七十几本书，摆起来比我的身高还高。

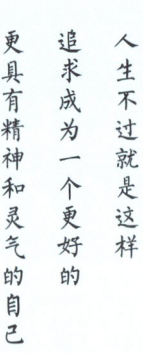

人生不过就是这样
追求成为一个更好的
更具有精神和灵气的自己

"觉悟"就是"学习看见我的心"

我以为，成功应该很快乐，应该每天带着"神秘的微笑"。但事实上很难，因为每天从早到晚要开七八个会，还要和很多你不喜欢的人约会、应酬，到最后，生命的时间和空间被挤压，发现自己已经很难静下心来写一篇文章，而且幽默和浪漫精神不见了，对年轻时候向往的东西都失去了兴趣。

有一天，我在报馆里等待看样刊，无聊的时候就翻开了一本书，开篇第一句话说，"到了三十岁的时候，要把全部的时间用来觉悟。如果到了三十岁还没有用来觉悟，就会一步步走向死亡"。我当时很震惊，因为那会儿我已经过了三十岁了，却完全不知道觉悟是怎么回事。我开始思考什么是觉悟。不久之后，我辞掉了所有的工作，到山上去闭关，去清修和思考，开始走进佛教的世界，清修持续了三年，这也是为什么后来我的作品中有了很多关于宗教的元素。

三年后，我觉得自己已经有了很多领悟，明白"觉"是"学习看见"，"悟"是"我的心"，所谓"觉悟"就是"学习看见我的心"，因为心恋红尘，我决定下山。

在山下路过一个水果摊，我想买点水果，当时老板不在，我便在边上等，这时候一个路人过来，问我水果怎么卖，将我误认为老板。我当时的第一反应是"我经过了三年修行，大家竟然看不出来我很有智慧"，随即我就意识到，觉悟修行并不会改变人的相貌，只是内心起了革命。

之所以讲觉悟，是因为现代社会很多人看不到自己的心。我们把生活分成两部分，一部分是重要的生活，一部分是紧急的生活，会发现很多人都在紧急地生活，随波逐流，而不是重要的生活。

什么是重要的生活？陪着爱人散步，躺在草地上看星星，一个小孩有没有幽

默感，懂不懂得爱和宽容，这些是重要的。而每天着急上班、学习、考试，是紧急的。当人整天在紧急的事情里面打转的时候，"琴棋书画诗酒花"就会变成"柴米油盐酱醋茶"，要学会腾出一些空间，进入"重要的生活"。

两三年前，台湾有个最有钱的博士，叫王永庆，他九十二岁那年在美国巡视工厂的时候去世了。我听到消息很难过，我想如果我九十岁有五千亿财产，我会去巡视工厂吗？答案是一定不会。王永庆的后人迄今还在为财产争夺不休，这是一件很让人伤心的事，因为他们没有觉察到什么才是重要的生活。

还有一个富翁叫郭台铭，虽然他有很多财产，但他最后娶了一个平凡的舞蹈老师。我问他，你为什么会选她？他回答我说，我太太最大的优点是她身上闻不到钱的味道。这表明，对于一个整天追逐金钱的人来说，没有钱的味道反而是最大的优点，意味着这个人并没有掉进欲望的泥沼。

怎样才能觉悟？你必须做到以下四点：

一、 要尽可能地把所有时间和空间都留给那些重要的事情

历史上有一个很了不起的人，叫陆羽。他是一个弃儿，长大后，他给自己取了"陆羽"的名字，意思是漂流在陆地上的一根羽毛。他立志要喝遍天下的茶，饮遍天下的水，于是从九岁开始就一直旅行。我后来曾追随他的饮茶之路去寻访，深刻地体会到了他的不容易，全国的茶区那么多，在只依靠步行的年代，

他都一一走遍，还写下了《茶经》，成为迄今无人超越的经典。支撑他的，就是一股叫作梦想的力量，他懂得有限的人生里什么是重要的事情。

二、你必须要意识到世俗的事务并非无价

什么是无价的？是浪漫的精神。有一次我去上海演讲，和朋友站在黄浦江边吹风，觉得夜晚的黄浦江格外的美，十分浪漫。此时，我的同伴撞了我一下，"喂，你知道每年黄浦江有多少人自杀吗？"哈，真是煞风景。

什么是浪漫？"浪费时间慢慢吃饭，浪费时间慢慢走路，浪费时间慢慢喝茶……这些都是浪漫"，浪漫其实就是创造一种时空、一种感受、一种向往、一种理想，在你的世俗土地上开出一朵玫瑰花。

即便是被世俗捆绑，即便是处于人生低谷，也要时刻保持浪漫精神。求婚也并不一定需要房子、车子、票子以及很大的钻戒，我只是写了"纵使才名冠江东，生生世世与君同"两句诗，妻子就感动异常，嫁给了我。

三、不要失去对真实价值的认知

现代社会，很多人对价值的认知已经不那么清楚。

有一次，我在上海路过一家百货商店，看见橱窗里挂着一个包，售价一百万元人民币，那是爱马仕的鳄鱼皮包。我很吃惊，谁会花一百万买这个包呢？但显然是因为有人买才会销售。

很多人都被这些名牌捆绑和魅惑，在吃穿用度上，花很多钱来消费，但事实上，他们看中的并不是物品本身的价值，而是价格。我到商场里去买衣服，都会问服务员，有没有没牌子的东西？只有撕掉牌子，物件才会回归本身的价值。因为我希望寻找的是生命的价值。

我认识北京的一个有钱人，是个矿产大亨，每年赚一百多亿人民币。他家地面用的是玻璃，下面水池里养着锦鲤。这些锦鲤都经过标准的挑选，不合格的鱼会被拿去扔掉或给大鱼吃。

因为不符合某些标准，有些锦鲤一出生就被决定了凄惨的命运。后来，我把那些不合格的鱼买了回来，养出来也格外与众不同。人如果只认识统一的、固定的价值观，实际上是很可怜的。好在人不是锦鲤，就算出身卑微，也可以通过自己的努力，找到自己生命的价值。

四、要认识到这个世界是多元的而不是单一的

这个世界的可怕之处在于，大部分人被训练成单一的人，按照上学、考试、工作、结婚等标准流程活着。这很值得检讨。

你看看这个世界，最辣的是辣椒，最酸的是柠檬，最苦的是苦瓜，最甜的是甘蔗。如果你把它们养在一块土地上，会出现两种结果：全部死掉，或只有一种活下来。它们本来活在不同的土地上，有不同的成长经历，如果硬将它们放在一起，也许辣椒最后会变成苦瓜。

人需要发展自己的特质，但是也要包容别人的不同，这个世界才会精彩。因此家长也不要总拿自己的孩子和别人家的做比较，因为辣椒不需要和茄子比较，

辣椒只要自己够辣就好。

　　人们从小就要发现，自己最合适做什么，做什么才最快乐。我这辈子一直想当作家，从来没有改变。清华大学百年校庆的时候，有学生问我，您已经写了一百七十多本书，还会接着写吗？我的回答是，如果我下午会死，我会写到今天早上，如果明天会死，我会写到明天早上。我已经写了四十多年，我一直在想，我最好的作品还没有写出来，我要一直努力。

　　如果你现在问我什么是成功，我会说，今天比昨天更慈悲、更智慧、更懂爱与宽容，就是一种成功，如果每天都成功，连在一起就是一个成功的人生。不管你从哪里来，要去往哪里，人生不过就是这样，追求成为一个更好的、更具有精神和灵气的自己。

我似昔人，不是昔人

一

憨山大师有一年冬天读《肇论》，对里面僧肇大师谈到的"旋岚偃岳而常静，江河竞注而不流"感到十分疑惑，心思惘然。

又读到书里的一段：有一位梵志从幼年出家，一直到白发苍苍才回到家乡，邻居问梵志说："昔人犹在耶？"梵志说："吾似昔人，非昔人也。"憨山豁然了悟，说："信乎！诸法本无去来也！"

然后，他走下禅床礼佛，悟到无起动之相，揭开竹帘，站立在台阶上，忽然看见大风吹动庭院里的树，飞叶满空，却了无动相，他感慨地说："这就是旋岚偃岳而常静呀！"又看到河中流水，了无流相，说："此江河竞注而不流呀！"于是，去来生死的疑惑，从这时候起完全像冰雪融化一样，随手作了一首偈：

死生昼夜，水流花谢。
今日乃知，鼻孔向下。

二

　　我每一次想到憨山大师传记里的这一段，都会油然地感动不已，它似乎在冥冥中解释了时空岁月的答案。

　　表面上看，山上的旋岚、飘叶、云飞，是非常热闹的，但是山的本身却是那么安静——河中的水奔流不停，但是河的本质并没有什么改变。人的生死，宇宙的昼夜，水的奔流，花果的飘零，都像这样，是自然的进程罢了。

　　这就是为什么梵志白发回乡，对邻居说："我像从前的梵志，却已经不是以前的梵志了。"

　　岁月在我们的身上，毫不留情地写下刻痕，在每一次揽镜自照的时候，都会慨然发现，我们的脸容苍老了，我们的白发增生了，我们的身材改变了，于是，不免要自问："这是我吗？"这就是从前那一位才华洋溢、青春飞扬、对人世与未来充满热切追求的我吗？

　　这是我，因为每一步改变的历程，我都如实地经验，还记得自己的十岁、二十岁、三十岁，一步一步地变迁。

　　这也不是我，因为不论外貌、思想、语言都已经完全改变了。如果遇到三十年前的旧友，他可能完全不认得我，或许，我如果在街上遇见十岁时的自己，也

但愿所有的朋友

也能一起前行

在生命的流逝

在因缘的变换中

都能无畏

做不受惑的人

会茫然地错身而过。

时空与我，在生命的历程上起着无限的变化，使我感到惘然。
那关于我的，到底是我吗？不是我吗？

三

有一次返乡，在我就读过的旗山国小大礼堂演讲，我的两个母校，旗山国民小学、旗山初中都派了学生来献花，说我是杰出的校友。

演讲完后，遇到了我的一些小学中学的老师，简直不敢与他们相认，因为他们都老得不是原来的样子。当时我就想，他们一定也有同样的感慨吧！没想到从前那个从来不穿鞋上学的毛孩子，现在已经步入中年了。

一位二十年没见的小学同学来看我，紧紧握着我的手说："二十年没见，想不到你变得这么老了！"——他讲的是实话，我们是两面镜子，他看见我的老去，我也看到了他的白发，其中最荒谬的是，我们都确信眼前这完全改变的同学，是"昔日人"，也相信自己还是从前的我。

一位小学老师说："没想到你变得这么会演讲呢！"
我想到，小时候我就很会演讲，只是国语不标准，因此永远没有机会站上讲台，不断挫折与压抑的结果，使我变得忧郁，每次上台说话就自卑得不得了，甚至脸红心跳说不出话来。

连我自己都不能想象，二十几年之后，我每年要做一百多次的大型演讲，当然，我的老师更不能想象的。

我不只是外貌彻底地改变了，性格、思想也不再是从前的自己。
但是，属于童年的我，却是旋岚偃岳、江河竞注，那样清晰、充满了动感。

今年过年的时候，在家里一张被弃置多年的书桌里，找到了我在童年、少年时代的一些照片，黑白的、泛着岁月的黄渍。

我坐在书桌前专注地寻索着那些早已在岁月之流中逝去的自己，瘦小、苍白，常常仰天看着远方。

那时在乡下的我们，一面在学校读书，一面帮忙家里的农事，对未来都有着茫然之感，只知道长大一定要到远方去奋斗，渴望有衣锦还乡的一天。

有一张照片后面，我写着：

男儿立志出乡关，
毕业无成誓不还。

那是初中三年级，后来我到台南读高中，大学考了好几次，有一段时间甚至灰心丧志，觉得天下之大，竟没有自己容身的地方。想到自己十五岁就离家了，少年迷茫，不知何往。

还有一张是高中一年级的，背后竟早熟地写道：

我是谁？

我从哪里来？

要往哪里去？

在人群里，谁认识我呢？

我看着那些照片，试图回到当时的情境，但情境已渺，不复可追。如果我不写说明，拿给不认识从前的我的朋友看，他们一定不能在人群里认出我来。

坐在地板上看那些照片，竟看到黄昏了，直到母亲跑上来说："你在干什么呢？叫好几次吃晚饭，都没听见。"我说在看从前的照片。

"看从前的照片就会饱了吗？"母亲说，"快！下来吃晚饭。"

我醒过来，顺随母亲下楼吃晚饭，母亲说得对，这一顿晚饭比从前的照片重要得多。

五

这二十年来，我写了五十几本书，由于工作忙碌，很少回乡，哥哥姊姊竟都是在书里与我相见。

有一次，姊姊和我讨论书中的情节，说："你真的经历过这些事吗？"

"是的。"我说。

"真想不到，我的同事都问我，你写的那些是不是真的，我说我也不知道呀！因为我的弟弟十五岁就离家了。"

有时候，我出国也没有通知家里的人。那时在《中国时报》当主编，时常到国外去出差，几乎走遍了半个地球。亲戚朋友偶尔会问：

"这写埃及的，是真的吗？""这写意大利的，是真的吗？"

我的脸上并没有写过我到过的国家，我的眼里也无法映现生命那些私密经验的历程，因此，到后来连我自己也会问自己："这些都是真的吗？"如果是假的，为什么如此真实？如果是真的，现在又在何处呢？生命的经验没有一段是真的，也没有一段是假的，回想起来，真的是如梦如幻，假的又是刻骨铭心，在走过了以后，真假只是一种认定呀！

六

有时候，不肯承认自己四十岁了，但现在的辈分又使我尴尬。

早就有人叫我"叔公""舅公""姨丈公""姑丈公"了，一到做了公字辈，不认老也不行。

我是怎么突然就到了四十岁呢？

不是突然！生命的成长虽然有阶段性，每天却都是相连的，去日、今日与来日，是在喝茶、吃饭、睡觉之间流逝的，在流逝的时候并不特别警觉，但是每一个五年、十年就仿佛河流特别湍急，不免有所醒觉。

看着两岸的人、风景，如同无声的黑白默片，一格一格地显影、定影，终至灰白、

消失。

无常之感在这时就格外惊心，缘起缘灭在沉默中，有如响雷。

生命会不会再有一个四十年呢？如果有，我能为下半段的生命奉献什么？

由于流逝的岁月，似我非我；未来的日子，也似我非我，只有善待每一个今朝，尽其在我珍惜的每一个因缘，并且深化、转化、净化自己的生命。

七

憨山大师觉悟到"旋岚偃岳而常静，江河竞注而不流"的时候，是二十九岁。想来惭愧，二十九岁的时候我在报馆里当主笔，旋岚乱动，江河散流，竟完全没有过觉悟的念头。

现在懂了一点点佛法、体验一些些无常、关照一丝丝缘起，才知道要做一个不受人感的人是多么艰难。幸好，选到了一双叫"菩萨道"的鞋子，对路上的荆棘、坑洞，也能坦然微笑地迈步了。

记得胡适先生在四十岁时，曾在照片上自题"做了过河卒子，只好拼命向前"，我把它改动一下"看见彼岸消息，继续拼命向前"，来作为自己四十岁的自勉。

但愿所有的朋友，也能一起前行，在生命的流逝、在因缘的变换中，都能无畏，做不受感的人。

心随境转是凡夫

境随心转是圣贤

用惭愧心看自己

用感恩心看世界

温柔半两

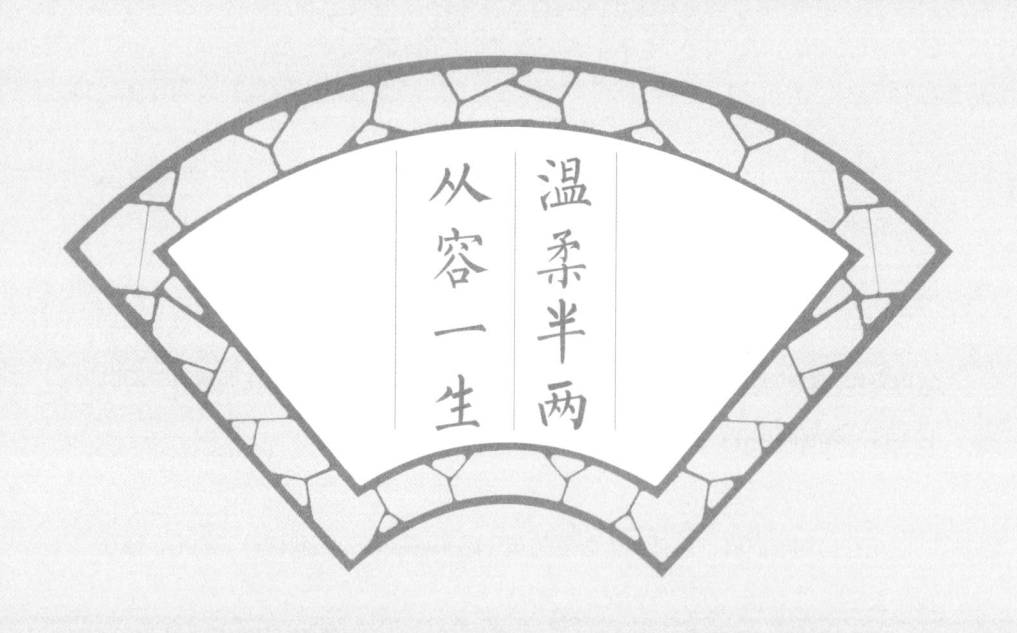

从容一生

寻找幸运草

在弟弟乡下的花园，酢浆草花开得正盛。小小的紫花像泼墨，渲染在高大的红玫瑰丛下，有一点像紫色的流云。

我忍不住蹲下来欣赏，挺直而花瓣分明的玫瑰显得优雅而庄严，所以人们把它用来作为献给爱情的花。柔软而花姿抽象的酢浆草花是那么自在而随兴，所以它不是为奉献而存在，是给细腻的人印心的。

正在出神的时候，弟弟两个可爱的孩子跑来依偎我，问我说："阿伯，你在找什么？"

我揽着两个孩子说："阿伯正在寻找幸运草。"

"什么是幸运草呢？"

我拔起一株连根的酢浆草，教孩子仔细看，我说："你们看，这酢浆草的叶子是三片的，传说如果找到一株四个叶片的酢浆草，叫作'幸运草'，那时就会很幸运，愿望就会成真噢。"

"哇！太棒了，我们也要找幸运草。"

两个孩子很快地钻入花丛中，在玫瑰花与红合欢下搜寻。

孩子们热切的举动，使我莞尔。想到我第一次听到"幸运草"的传说，也是在八九岁的年纪。从那个时候起，我只要看到酢浆草，就会忍不住蹲下来，看看能不能找到幸运草，以使我的愿望实现。

一直到我长大了，还改不了寻找幸运草的习惯。有一天，我在一条河岸边找累了，躺在护岸上看着天空，才猛然想到："我的愿望是什么呢？万一找到幸运草，我怎么样许愿呢？"

当时我是一个少年，愿望非常单纯，像童话一样。如果只能许三个愿望，第一个是成为好作家，写出生命中美好的情景；二是离开小小的故乡，去探访远大的世界；三是找到一位身心灵完全相契的伴侣，过着幸福快乐的日子。

可惜，我一直没有找到幸运草，因此愿望一直得不到许诺。虽然我也写作，企图去触及更美好的情景；我也离开了故乡，带着很深的思念；慢慢地，我也发现了，在广辽的人间，要找到身心灵完全相契的人，是多么渺茫，就好像在草原的酢浆草中找到一株幸运草。

在广辽的人间

要找到身心灵完全相契的人

是多么渺茫

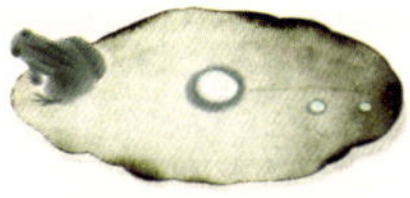

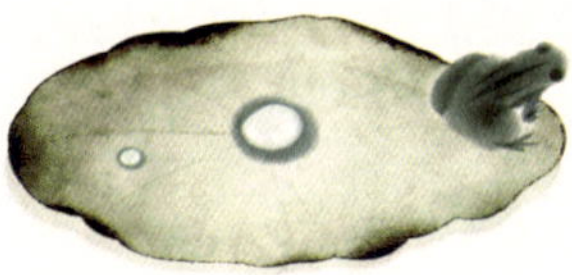

我从来没有找到过幸运草，那株幸运草就更深地埋入了我的心里。

"阿伯！"两个满头大汗的孩子把我从冥想中叫唤出来，"整个花园，都找不到幸运草。"他们的脸上露出失望的表情。

"没关系的，阿伯从小到大都在找，也没有找到过幸运草呢！说不定有一天你们会找到。"我安慰孩子们，接着说，"阿伯给你们比幸运草更棒的东西。"

"是什么？"

我从口袋里掏出两个十元硬币，一人赏一个："是不是比幸运草更棒？"孩子们开心地笑了，欢天喜地地走了。

这世间，真的有人找到过幸运草吗？到了中年我越来越生起疑情，但那疑情也日渐明晰了起来。

也许，"世上根本没有幸运草"——这是疑情的部分。

也许，"幸运草根本不在草里"——这是日渐明晰的部分。

幸运草多出来的一片，确实不在草里，而在我们的心中。只要我们的心够宽广坚持，只要我们的情够细腻温柔，只要我们的爱够深刻美好，只要我们一直保有喜悦自由的生命姿势，我们的心就会长出一株美丽的，四个叶片宛然的幸运草。

当我们的心比一般人多了一片，在平凡的酢浆草叶中，必然也会观见幸运草的实相。

相契的草一旦宛然，相契的人不也宛然了吗？

温柔半两

读到无际大师的"心药方"，说到不管是齐家、治国、学道、修身，必须先服十味妙药，才能成就。哪十味妙药呢？他说：

"好肚肠一条，慈悲心一片，温柔半两，道理三分，信行要紧，中直一块，孝顺十分，老实一个，阴骘全用，方便不拘多少。"这十味妙药要怎么吃呢？他又说："此药用宽心锅内炒。不要焦，不要躁，去火性三分。于平等盆内研碎，三思为末，六波罗蜜为丸，如菩提子大。每日进三服，不拘时候，用和气汤送下。果能依此服之，无病不瘥。"

这无际大师的心药方真是令人莞尔，细细品味而受教无穷。无际大师是谁我并不知道，我也不想去知道，觉得知道了他的身份反而会拘限了他。猜想他是某朝代的高僧之一，深解所有的病都是从心而起，一日灵感大发，而写下了这帖药方。

"心药方"是用白话写成，不难理解其意，在此必须解释的是"六波罗蜜"，波罗蜜是行菩萨道之谓，行法有六种：一布施、二持戒、三忍辱、四精进、五禅定、六智慧。菩萨用这六种方法度人过生死海到涅槃彼岸。"菩提子"则是菩提树的种子，可做念珠，大小如莲子，做抽象解释时，"菩提"是"觉悟"的意思。

我想，不论是否佛教徒，每天能三服这帖心药，不仅能使身心安乐，也能无

愧于天地；假如每天吃三四味，也就能去病延年；要是万万不可能，一天吃一口"温柔半两"，可能也足以消灾少祸了。

这一帖心药虽仅有十味，味味全是明心见性，充满了智慧。因为在佛家而言，人身体所有的病痛全是由心病而来。佛陀释迦牟尼将心病归属于贪嗔痴三种，只有在一个人除去贪、嗔、痴三病时，才能有一个明净的精神世界，也才会身心悦乐，没有挂碍，没有恐怖，远离颠倒梦想。因此所有佛书的入门就是一部心经，所有成佛的最高境界，靠的也是心。

佛经中对心的探求与沉思历历可见，释尊曾经这样开示："心作天，心作人，心作鬼神，畜生地狱，皆心所为也。"（《般泥洹经》）又说："能伏心为道者，其力最多。吾与心斗，其劫无数，今乃得佛，独步三界，皆心所为。"（《五苦章句经》）对于为善的人，心是甘露法；对于为恶的人，心是万毒根；因此医病当从内心医起，救人当从内心救起。

例如佛祖在《楞严经》里说："灯能显色，如是见者，是眼非灯；眼能显色，如是见性，是心非眼。"翻成白话是："灯能显出东西不是灯能看见东西，而是

眼睛借灯看见了东西；眼睛看见了东西，并不是眼睛在看，而是心借眼睛显发了见性。"那么我们可以说一个人不明事理，不是事理有病，不是眼睛有病，而是内心有病，只要治好了真心，眼睛也可以分辨，事理也得到了澄清。

无际大师的心药即是从根本处解决了人生与人格的问题。

关于心的壮大，我国禅宗初祖达摩祖师在《达摩血脉论》中曾有一段精彩绝伦的文字。他说："除此心外，见佛终不得也。佛是自心作得，因何离此心外觅佛？前佛后佛只言其心，心即是佛，佛即是心，心外无佛，佛外无心。若言心外有佛，佛在何处？心外既无佛，何起佛见？……若知自心是佛，不应心外觅佛。佛不度佛，将心觅佛不识佛。"

因而历来的禅宗无不追求一个本心，认为一个人不能修心、明心、真心、深心，而想成佛道，有如取砖头来磨镜，有如以沙石做饭，是杳不可得的。这正是六祖慧能说的："于一切行住坐卧，常行一直心。""但行直心，于一切法，勿有执着。"

知道了心对真实人生的重要，再回来看无际大师的心药方。他的这帖药是古今中外皆可行的，而且有许多正在现代社会中消失，实在值得三思。试想，一个人要是为人有好肚肠、长养慈悲心、多几分温柔、讲一些道理，对人守信用、对朋友讲义气、对父母孝顺、行住坐卧诚信不欺、不伤阴德、尽量给人方便，那么这个人算是道德完满的人，还会有什么病呢？

人人如此，社会也就无病了。
天下太平的线索，其实就是一个人内心完成所组合的元素！

清净之莲

偶尔在人行道上散步，忽然看到从街道延伸出去，在极远极远的地方，一轮夕阳正挂在街的尽头，这时我会想：如此美丽的夕阳实在是预示了一天即将落幕。

偶尔在某一条路上，见到木棉花叶落尽的枯枝，深褐色的，孤独地站在街边，有一种萧索的姿势，这时我会想：木棉又落了，人生看美丽木棉花的开放能有几回呢？

偶尔在路旁的咖啡座，看绿灯亮起，一位衣着素朴的老妇，牵着衣饰绚如春花的小孙女，匆匆地横过马路，这时我会想：那年老的老妇曾经也是花一般美丽的少女，而那少女则有一天会成为牵着孙女的老妇。

偶尔在路上的行人陆桥站住，俯视着在陆桥下川流不息、往四面八方奔驰的车流，却感觉到那样的奔驰仿佛是一个静止的画面，这时我会想：到底哪里是起点？而何处又是终站呢？

偶尔回到家里，打开水龙头要洗手，看到喷涌而出的清水，急促地流淌，突

唯其柔软
我们才能敏感
唯其柔软
我们才能包容
唯其柔软
我们才能精致
也唯其柔软
我们才能超拔自我

然使我站在那里，有了深深的颤动，这时我想着：水龙头流出来的好像不是水，而是时间、心情，或者是一种思绪。

偶尔在乡间小道上，发现了一株被人遗忘的蝴蝶花，形状像极了凤凰花，却比凤凰花更典雅。我倾身闻着花香的时候，一朵蝴蝶花突然飘落下来，让我大吃一惊，这时我会想：这花是蝴蝶的幻影，或者蝴蝶是花的前身呢？

偶尔在静寂的夜里，听到邻人饲养的猫在屋顶上为情欲追逐，互相惨烈地嘶叫，让人的汗毛都为之竖立，这时我会想：动物的情欲是如此粗糙，但如果我们站在比较细腻的高点来回观人类，人不也是那样粗糙的动物吗？

偶尔在山中的小池塘里，见到一朵红色的睡莲，从泥沼的浅地中昂然抽出，开出了一句美丽的音符，仿佛无视于外围的污浊，这时我会想：呀！呀！究竟要怎么样的历练，我们才能像这一朵清净之莲呢？

偶尔……

偶尔我们也是和别人相同地生活着，可是我们让自己的心平静如无波之湖，我们就能以明朗清澈的心情来照见这个无边的复杂的世界，在一切的优美、败坏、清明、污浊之中都找到智慧。我们如果是有智慧的人，一切烦恼都会带来觉悟，而一切小事都能使我们感知它的意义与价值。

在人间寻求智慧也不是那样难的。最要紧的是，使我们自己的柔软的心，柔

软到我们看到一朵花中的一片花瓣落下，都使我们动容颤抖，知悉它的意义。

唯其柔软，我们才能敏感；唯其柔软，我们才能包容；唯其柔软，我们才能精致；也唯其柔软，我们才能超拔自我，在受伤的时候甚至能包容我们的伤口。

柔软心是大悲心的芽苗，柔软心也是菩提心的种子，柔软心是我们在俗世中生活，还能时时感知自我清明的泉源。

那最美的花瓣是柔软的，那最绿的草原是柔软的，那最广大的海是柔软的，那无边的天空是柔软的，那在天空自在飞翔的云，最是柔软！

我们心的柔软，可以比花瓣更美，比草原更绿，比海洋更广，比天空更无边，比云还要自在，柔软是最有力量，也是最恒常的。

且让我们在尘世间，开出柔软清净的智慧之莲吧！

立刻完成的灵药

从前有一个国王，他的性子很急，对任何事情都不愿意等待。由于他位高权重，几乎所有的事情都能达成愿望。

有一天，王后生了一个女儿，整日整夜地啼哭，使国王感到心烦。他看着因哭泣而脸皱成一团的公主，心里想着："如果我的公主能立刻长大就好了，我就可以看见她亭亭玉立的样子。"

虽然在理智上他知道没有人能立刻长大，但是在情感上却非常着急，一想到要看到美丽的女儿还要经过那么漫长的时间，他更是急得难以安寝。

国王心里想："以我的权势和财富，加上国中人才济济，难道真的找不到使公主立刻长大的方法吗？如果连这样的方法都找不到，我做国王有什么意思？养一群大臣又有何用呢？"

他一想到，就立刻下令，召集所有的大臣到宫里来，当众宣布："各位都是国中处理大事的智者，我很希望各位帮我想一个方法，让初生的公主立刻长大，不知道哪一位可以想出方法？"

大臣们面面相觑，不敢相信自己的耳朵，只好据实以告："大王！我们虽然

生命的一切成长
都需要时间

处理过许多国家大事，却从来没有听过能使婴儿立刻长大的方法呀！"

国王听了非常生气："都是一群饭桶，以我们全国的力量，难道找不到一个使孩子立刻长大的方法吗？连这小小的方法都不知道，还能处理什么重大的国事呢？限你们今天晚上就给我想出一个让婴儿立刻长大的方法，否则不准走出皇宫一步。"

大臣们个个吓得面色如土、噤若寒蝉，一句话也不敢说。其中一位年长的大臣站出来说："大王！在我国有一位最高明的医生，说不定他有立刻长大的灵药。"

国王立刻派人火速把名医请来，问名医："你是我国医术最高明的医生，不知你有没有使公主立刻长大的灵药？"

"大王，这……"名医陷入了沉思。

国王着急地说："只要你能使公主立刻长大，有任何困难，你尽管说！"

"大王！使公主立刻长大并没有什么困难。我知道在遥远的东方有这样的灵药，只要给公主服用，公主立刻就会长大。只是往返费时，要走很久的时间才会抵达。"名医平和地说。

国王一听，眼睛发亮，急切地问："那么，要走多久的时间呢？"

名医说："至少要十二年的时间，而且那种灵药要新鲜的时候吃才有效，所以我一定要带公主前往，摘下来立刻给公主服用，公主就会立刻长大了。"

国王欣喜若狂："太好了！太好了！只要能让公主立刻长大，就算采灵药需要走十二年的时间也值得的。"

名医于是把公主带走了。

从此，国王每天都在担心，不知道十二年后公主有没有吃到遥远东方的那种

灵药。有一天正在担心时，忽然听到禀报：公主和名医回来了。

当名医走进来的时候，身边跟着青春美丽、亭亭玉立的公主，国王看了欢喜不已：公主真的吃到立刻长大的灵药了。

他立刻召集群臣，公开宣布："这果然是我国第一名医，既知道灵药在哪儿，又千里迢迢带公主去吃灵药，公主确实是立刻长大了。名医真是名不虚传！"

在我年少的时候，也曾经像国王一样，希望这个世界有一种万灵丹，让我们选择人生里自己喜欢的部分。

我曾经梦想，吃了一颗万灵丹，一睡醒来，已经度过了烦人的升学与考试，从最好的大学毕业。

也曾经梦想，不必经过长途的追寻、饱受情爱的挫折，吃了一颗万灵丹，张开眼睛，已经有了这个世界上最相知相契的伴侣。

更曾经梦想，远离一切成长的痛苦，远离一切努力的奋斗，远离一切悲伤的眼泪，当我服了那立刻完成的灵药，人生已经美满，从此过着幸福快乐的日子。

很可惜这个世界上没有这样的灵药，于是，在短暂的梦想之后，我依然坐在孤灯下读书写作。在情感的追寻中，我默默承受被抛弃与背叛的痛苦。在生命成长的过程里，我也常常流下悲伤的眼泪。

经过编织美梦的少年时代，我逐渐知悉了生命并没有结局，每一个结局只是一个新过程的开始罢了，美好的过程可能带来惨痛的结局，痛苦的过程也可能带来幸福的结局。当然，过程平顺而结局圆满，是最理想的，但一时圆满不代表永远美满，只是走向一个新的起点。

我们的人生不是问答题，有时问不在答里，有时答不在问里；有的问题没有答案，有的答案远在问题之外。

我们的情感不是是非题，没有绝对的是非，因为每一个情感都是不相同、不能类比的；每一段情感都是对错交缠的，在失败的情感中，没有赢家。

可叹的是，这些对过程更深刻的认识，对人生更深密的思维，都是到饱经挫折的中年才慢慢理清的。

在我生命最困苦的时刻，也曾寻找过万灵丹，向天求告："请给我一帖灵药吧！"我曾乞灵于宗教，探寻生命的终极安顿之方；也曾炼丹于文艺，追求情爱的平息烦恼之法。

经过了差不多十年，我才发现"灵药并不在远方"，也就是正视每一个眼前的生活历程，努力地活在当下，对这一阶段的人生与情感用心珍惜。

由于对眼前、对当下的珍惜用心，才能不怨恨过去，不怀忧未来。才能在每一个过程当中努力承担，以最大的心意来生活。

在人生的历程，我不着急，我不急着看见每一回的结局，我只要在每一个过程，慢慢慢慢地长大。

在被造谣时，我不着急，因为我有自知之明。

在被误解时，我不着急，因为我有自觉之道。

在被毁谤时，我不着急，因为我有自爱之方。

在被打击时，我不着急，因为我有自愉之法。

那是因为我深深地相信：生命的一切成长，都需要时间。

幸福的开关

一直到现在，我每次看到在街边喝汽水的孩童，总会多注视一眼。而每次走进超级市场，看到满墙满架的汽水、可乐、果汁饮料，心里则颇有感慨。

看到这些，总令我想起童年时代想要喝汽水而不可得的景况。在台湾初光复不久的那几年，乡间的农民虽不致饥寒交迫，但是想要三餐都吃饱似乎也不太可得，尤其是人口众多的家族，更不要说有什么零嘴、饮料了。

我小时候对汽水有一种特别奇妙的向往，原因不在汽水有什么好喝，而是由于喝不到汽水。我们家是有几十口人的大家族，小孩依大小排行就有十八个之多。记忆里东西仿佛永远不够吃，更别说是喝汽水了。

喝汽水的时机有三种：一种是喜庆宴会，一种是过年的年夜饭，一种是庙会节庆。即使有汽水，也总是不够喝，到要喝汽水时好像进行一个隆重的仪式，十八个杯子在桌上排成一列，依序各倒半杯，几乎喝一口就光了，然后大家舔舔嘴唇，觉得汽水的滋味真是鲜美。

有一回，我走在街上的时候，看到一个孩子喝饱了汽水，站在屋檐下呕气，呕——长长的一声。我站在旁边简直看呆了，羡慕得要死掉，忍不住忧伤地自问道：

什么时候我才能喝汽水喝到饱？什么时候才能喝汽水喝到呕气？因为到读小学的时候，我还没有尝过喝汽水喝到呕气的滋味，心想，能喝汽水喝到把气呕出来，不知道是何等幸福的事。

当时家里还点油灯，灯油就是煤油，俗称"臭油"或"番仔油"。有一次我的母亲把臭油装在空的汽水瓶里，放置在桌脚旁，我趁大人不注意，一个箭步就把汽水瓶拿起来往嘴里灌，当场两眼翻白，口吐白沫，经过医生的急救才活转过来。为了喝汽水而差一点丧命，后来成为家里的笑谈，却并没有阻绝我对汽水的向往。

在小学三年级的时候，有一位堂兄快结婚了，我在他结婚的前一晚竟辗转反侧地失眠了。我躺在床上暗暗地发愿：明天一定要喝汽水喝到饱，至少喝到呕气。

第二天我一直在庭院前窥探，看汽水送来了没有。到上午九点多，看到杂货店的人送来几大箱的汽水，堆叠在一处。我飞也似的跑过去，提了两大瓶黑松汽水，就往茅房跑去。彼时农村的厕所都盖在远离住屋的几十米之外，有一个大粪坑，几星期才清理一次。我们小孩子平时很恨进茅房的，卫生问题通常是就地解决，因为里面实在太臭了。但是那一天我早计划好要在里面喝汽水，那是家里唯一隐秘的地方。

我把茅房的门反锁，接着打开两瓶汽水，然后以一种虔诚的心情，把汽水咕嘟咕嘟地往嘴里灌，就像灌蟋蟀一样，一瓶汽水一会儿就喝光了。几乎一刻也不停地，我把第二瓶汽水也灌进腹中。

我的肚子整个胀起来。我安静地坐在茅房地板上，等待着呕气。慢慢地，肚子有了动静，一股沛然莫之能御的气翻涌出来，呕——汽水的气从口鼻冒了出来，

我们走过的每一步
不一定是完美的
但每一步都有值得
深思的意义

冒得我满眼都是泪水。我长长地叹了一口气："这个世界上再也没有比喝汽水喝到呕气更幸福的事了吧！"然后朝圣一般打开茅房的木门，走出来，发现阳光是那么温暖明亮，好像从天上回到了人间。

每一粒米都充满幸福的香气

在茅房喝汽水的时候，我忘记了茅房的臭味，忘记了人间的烦恼，觉得自己是世上最幸福的人。一直到今天我还记得那年叹息的情景。当我重复地说："这个世界上再也没有比喝汽水喝到呕气更幸福的事了吧！"心里百感交集，眼泪忍不住就要落下来。

贫困的岁月里，人也能感受到某些深刻的幸福，像我常记得添一碗热腾腾的白饭，浇一匙猪油、一匙酱油，坐在"户定（厅门的石阶）"前细细品味猪油拌饭的芳香，那每一粒米都充满了幸福的香气。

有时这种幸福不是来自食物。我记得当时在我们镇上住了一位卖酱菜的老人，他每天下午都会推着酱菜摊子在村落间穿梭。他沿路都摇着一串清脆的铃铛，在很远的地方就可以听见他的铃声。每次他走到我们家的时候，都在夕阳落下之际。我一听见他的铃声跑出来，就看见他浑身都浴在黄昏柔美的霞光中。那个画面、那串铃声，使我感到一种难言的幸福，好像把人心灵深处的美感全唤醒了。

有时幸福来自于自由自在地在田园中徜徉了一个下午。

有时幸福来自于看到萝卜田里留下来作种的萝卜，开出一片宝蓝色的花。

有时幸福来自于家里的大狗突然生出一窝颜色都不一样的、毛茸茸的小狗。

生命的幸福原来不在于人的环境、人的地位、人所能享受的物质，而在于人的心灵如何与生活对应。因此，幸福不是由外在事物决定的。贫困者有贫困者的幸福，富有者有其幸福，位尊权贵者有其幸福，身份卑微者也有其幸福。在生命里，人人都是有笑有泪；在生活中，人人都有幸福与忧恼，这是人间世界真实的相貌。

从前，我在乡间城市穿梭做报道访问的时候，常能深刻地感受到这一点。坐在夜市喝甩头仔米酒配猪头肉的人民，他感受到的幸福往往不逊于坐在大饭店里喝 XO 的富豪。蹲在寺庙门口喝一斤二十元粗茶的农夫，他得到的快乐也不逊于喝冠军茶的人。围在甘蔗园吆五喝六，输赢只有几百元的百姓，他得到的刺激绝对不输于在梭哈台上输赢几百万的豪华赌徒。

这个世界原来就是相对的，而不是绝对的，因此幸福也是相对的，不是绝对的。

由于世界是相对的，使得到处都充满缺憾，充满了无奈与无言的时刻。但也由于相对的世界，使得我们不论处在任何景况，都还有幸福的可能，能在绝壁之处也见到缝隙中的阳光。

我们幸福的感受不全然是世界所给予的，而是来自我们对外在或内在的价值判断。我们幸福与否，正是由自我的价值观来决定的。

以直观来面对世界

如果，我们没有预设的价值观呢？如果，我们可以随环境调整自己的价值判断呢？

就像一个不知道金钱、物质为何物的赤子，他得到一千元的玩具与十元的玩具，都能感受到一样的幸福。这是他没有预设的价值观，能以直观来面对世界，世界也因此以幸福来面对他。

就像我们收到陌生者送的贵重礼物，给我们的幸福感还不如知心朋友寄来的一张卡片。这是我们随环境来调整自己的判断，能透视物质包装内的心灵世界，幸福也因此来面对我们的心灵。

所以，幸福的开关有两个：一个是直观，一个是心灵的品味。

这两者不是来自远方，而是由生活的体会得到的。

什么是直观呢？

有源律师问大珠慧海禅师："和尚修道，还用功否？"

大珠："用功。"

"如何用功？"

"饿来吃饭，困来眠。"

"一切人总如同师用功否？"

"不同！"

"何故不同？"

"他吃饭时不肯吃饭，百种需索；睡时不肯睡，千般计较，所以不同也。"

好好地吃饭，好好地睡觉就是最大的幸福，最深远的修行，这是多么伟大的直观！在禅师的语录里有许多这样的直观，都是在教导启示我们找到幸福的开关，例如：

百丈怀海说："如今对五欲八风，情无取舍，垢净俱亡，如日月在空，不缘而照；心如木石，亦如香象截流而过，更无滞碍，此人天堂地狱所不能摄也。"

庞蕴居士说："神通并妙用，运水与搬柴。""好雪片片，不落别处。"

沩山灵祐说："一切时中，视听寻常，更无委曲，亦不闭眼塞耳，但情不附物，即得。……譬如秋水澄清，清净无为，澹泞无碍，唤他做道人，亦名无事之人。"

黄檗希运："凡人多不肯空心，恐落空。不知自心本空，愚人除事不除心，智者除心不除事。""终日吃饭，未曾咬着一粒米；终日行，未曾踏着一片地。与么时，无人我等相，终日不离一切事，不被诸境惑，方名自在人。"

在禅师的话语中，我们处处都看见了一个人如何透过直观，找到自心的安顿、超越的幸福。若要我说世间的修行人所为何事？我可以如是回答："是在开发人生最究竟的幸福。"这一点禅宗四祖道信早就说过了。他说："快乐无忧，故名为佛！"读到这么简单的句子使人心弦震荡，久久还绕梁不止。这不是人间最大的幸福吗？

只是在生命的起落之间，要人永远保有"快乐无忧"的心境是何其不易，那是远远超过了凡尘的青山与溪河的胸怀。因此另一个开关就显得更平易了，就是心灵的品味，仔细地体会生活环节的真义。

垂丝千尺，意在深潭

现代诗人周梦蝶，他吃饭很慢很慢，有时吃一顿饭要两个多小时。有一次我问他："你吃饭为什么那么慢呢？"

他说："如果我不这样吃，怎么知道这一粒米与下一粒米的滋味有什么不同。"

我从前不知道他何以能写出那样清新空灵、细致无比的诗歌，听到这个回答时，我完全懂了，那是来自心灵细腻的品味，有如百千明镜鉴像，光影相照，使我们看见了幸福原是生活中的花草，粗心的人践花而过，细心的人怜香惜玉罢了。

这正是黄龙慧南说的："高高山上云，自卷自舒，何亲何疏；深深涧底水，遇曲遇直，无彼无此。众生日用如云水，云水如然人不尔。若得尔，三界轮回何处起？"

也是克勤圆悟说的："三百六十骨节，一一现无边妙身；八万四千毛端，头头彰宝王刹海。不是神通妙用，亦非法尔如然，苟能千眼顿开，直是十方坐断！"

众生在生活里的事物就像云水一样。云水如此，只是人不能自卷自舒、遇曲遇直，都保持幸福之状。保有幸福不是什么神通，只看人能不能千眼顿开，有一个截然的面对。

"垂丝千尺，意在深潭。"我们若想得到心灵真实的皈依处，使幸福有如电灯开关，随时打开，就非时时把品味的丝线放到千尺以上不可。

人间的困厄横逆固然可畏，但人在横逆困厄之际，没有自处之道，不能找到幸福的开关才是最可怕的。因为这世界的困境牢笼不光为我一个人打造，人人皆然。

为什么有的人幸福，有的人不幸，实在值得深思。

我有一位朋友，是一家大公司的经理。有一天，我约他去吃番薯稀饭，他断然拒绝了。

他说："我从小就是吃番薯稀饭长大的。十八岁那一年我坐火车离开彰化家乡，在北上的火车上就对天发誓：这一辈子我宁可饿死，也不会再吃番薯稀饭了。"

我听了怔在当地。就这样，他二十年没有吃过一口番薯，也许是这样决绝的志气与誓愿，使他步步高升，成为许多人欣羡的成功者。不过，他的回答真是令我惊心，因为在贫困岁月抚养我们成长的番薯是无罪的呀！

当天夜里，我独自去吃番薯稀饭，觉得这被视为卑贱象征的地瓜，仍然滋味无穷。我也是吃番薯稀饭长大的，但不管何时何地吃它，总觉得很好，充满了感恩与幸福。

走出小店，仰望夜空的明星，我听到自己步行在暗巷中清晰而渺远的足音，仿佛是自己走在空谷之中。我知道，我们走过的每一步不一定是完美的，但每一步都有值得深思的意义。

只是，空谷足音，谁愿意驻足聆听呢？

快乐的思想

有个流浪者来到一座城市，遇到了守城的人，流浪者告诉守城的人，他离开了家乡，想搬到这座城市来。

"这是个怎样的城市呢？"流浪者问。

"你的家乡是一个怎样的城市呢？"守城的人反问他。

"那是个糟透了的烂地方，政府腐败，人民互相仇视，很多人失业。"流浪者愤愤地说。

"你会发现这个城市和你的家乡没有两样。"守城的人说。

流浪者听了，掉头而去。

过了些时候，又有一个人提着箱子要进城。

"这是个怎样的城市呢？"那人问道。

"你来自怎样的城市呢？"守城的人反问他。

"哦！那是个可爱的地方。"打算进城的人说，"政府勤政爱民，百姓温和友善，只可惜因为工作的关系，我必须搬到这儿来。"

"你会发现这个城市也一样。"守城的人答道。

那人于是高高兴兴地进城去了。

一旦快乐的思想

被建立起来

即使生活悠闲单纯

幸福乃至人间的美善

都会自然地来到

我坐在溪边读这个故事，忍不住笑了，正像这个故事一样，我们的思想正是决定我们一生的最重要关键。当我抬起头来，看到清澈的溪流潺潺流过，溪两岸的树木青翠碧绿，感觉到台湾乡间的景致多么宜人，我多么感恩能生长在这样润泽秀丽的地方。

这次回乡度暑假，随手带了几本在书架放了很久、没有时间看的书回来，一本是露易丝·海的《生命的重建》，一本是《如莲的喜悦》，一本是艾伦·科恩的《智慧的河流》。

每天，或者是带孩子到鼓山顶上游戏，或者到美浓的双溪玩水，我就随身带这几本书到山上和溪边去阅读，那种心情非常愉悦而优美，读这几本书却仿佛与老友重逢，好像随着一些简单有效的叙述，重新印证了自己长久以来的思维。

这三本书共同指涉的一种思维就是要有"快乐的思想"，快乐的思想乃是建立幸福人生的第一步，一个人没有快乐的思想，那么尽管用尽一切努力，可能还是会落败落空。一旦快乐的思想被建立起来，即使生活悠闲单纯，幸福乃至人间的美善都会自然地来到。

正如在书里的一个故事：

一个人走向三个砌砖的工人，问他们在做什么。第一个人回答道："我在砌砖。"

第二个工人回答道："我在砌一面墙。"

第三个工人带着安详与喜悦说道："我在盖一座教堂。"

有了快乐的思想，同样是在人生里砌砖，心里会多了一份喜悦、安详、庄严。

为快乐的思想砌砖，第一步是要喜爱自己，"要对自己有极大的尊重心"，

以及"对自己的生命、心意、身体，有深深的感激之意"。因为"人在自暴自弃的时候，聪明的会变蠢，健康的会多病，福不至，心不灵"。快乐的思想是生命的润滑油，可以使生命运行无碍，失去快乐的思想则会百病丛生，这些，最基本的是喜爱自己。

其次，要去除"憎恨""批评""内疚""恐惧"四种坏习惯，也就是革除生命的负面情绪，重新学习爱与宽容。负面的情绪就有如鞭子，每想到一次就像被鞭打，那些负心背叛我们的人，曾经无情地鞭答我们的心灵，但是他们早就过去了、离开了，我们的负面情绪则捡起他们遗留的鞭子，自己鞭打自己。因此，我们要来砌"宽容"的砖。

第三步要专注，也就是活在当下，旧的、过去的，已经影响过我们的生命，我们可以使它不再发生作用，我们可以善用当下，创造出一个崭新的生命，就像许多事物的追寻一样，精神意识的追寻必须从现在开始，我们往往因为想在"适当"的时间与"适当"的地点开始，而从未开始过。

第四步要放松，彻底的放松是使身心健康最重要的方法，"要知道所有真正属于自己的东西，并不会被他人夺去，实在大可放心"。"从宇宙观点来说，人生就是一场游戏，大地就是游戏场，每一生即是一场游戏，而目标就是觉醒与了悟，或任何我们认定的人生目标。"因为放松，我们就能放下，也能以游戏一样坦然的心来看人生。

露易丝·海是美国极著名的心理治疗师，她从来不用药物，治疗过千千万万的病人，甚至治疗了许多癌症病患，她自己在中年时罹患癌症，也是靠快乐的思

想治疗的，最后我们引用几段她的话做结尾：

"如果我们自己坚持相信下雨天是坏的一天，那么，每当下雨的时候，我们的心都会因此沉下来，人变得很不开朗。我们会抗拒这下雨的一天，而不懂得顺应此时此刻。

"事实上，天气并没有'好'与'坏'之分，天气就是天气，但若是我们把下雨天看成是'坏'，影响了情绪，下雨天便真的是'坏'了。

"一个人要得到一个快乐的生命，就先要有快乐的思想；要有一个旺盛的生命，就先要有旺盛的思想；要有一个充满慈爱的生命，就先要有充满慈爱的思想。"

一生从容

当今之世，

人要活下去，

也是不容易的。

能有点文学艺术修养，

才能活得从容些。

——台静农

在国父纪念馆，每逢假日，总有许多青少年溜直排滑轮，还有一些教练免费指导。

我喜欢看人溜直排滑轮，因为它充满了力、美与速度，如果再年轻几岁，我也想来学溜滑轮。

散步的时候，只要路过国父纪念馆，都会转进去看人溜滑轮，我最喜欢在入口的地方，看教练教导初学滑轮的人。

教练的开场白经常是："溜滑轮最重要的是要先学会跌倒，如果我们懂得跌倒而不受伤，就不会害怕跌倒，学会溜滑轮就很快了。溜滑轮和骑自行车一样，

一定会跌倒，不跌倒是不可能学会的。"

教练开始示范，高速跌倒时要如何翻滚，撞到东西时要如何闪避，失去平衡时要先保护重要部位……

看着教练在那里不断地跌倒，我忍不住想："跌倒的学问可真大呀！"

接着，换学员练习跌倒，他们一个个穿戴整齐，有多种安全保护，头盔、护膝、护腕等等，很像外星来的兵团在练习作战。

"一、二、三，扑倒！"

"一、二、三，前滚翻！"

"一、二、三，侧滚翻！"

"一、二、三，相撞！"

听着教练的指挥，学员不断地练习，看来非常有趣。学跌倒学得差不多了，教练问："还怕跌倒的，请举手！"

没有人举手。

"现在，可以自由带开，去溜滑轮了。"教练宣布。

一群人于是往空旷的广场溜去，仿佛射出去的箭。

每次，看人学跌倒，总使我深有感触，想到在实际的人生中，从来没有人教我们怎么去跌倒，也从未有人在一开始就告诉我们："你的感情会跌倒！你的学业会跌倒！你的事业会跌倒！你的人际关系会跌倒！因为人生和溜滑轮一样，一定会跌倒，不跌倒就不叫作人生！"

由于没有学过跌倒，在每一次跌倒时总是伤得很重，甚至个性比较刚烈的、比较要求完美的人，一跌倒就完、绝望了、万念俱灰了。

当我们看到有些人为了极轻微的跌倒，就自伤、自残、自戕、自杀，做出比实际跌倒更严重百倍的自我凌虐时，内心总有深深的同情，在同情的时候又忍不住会问：为什么没有人教我们跌倒，为什么我们在成长的过程中没有学过跌倒？

我们总是告诉孩子："不要深陷感情的泥沼！"

却很少告诉孩子："在感情受伤时，正是显现风格的最好时机，要尊重别人的选择，要善待自己。"

我们总是说："要尽一切可能地追求成功！"

却很少说："在追求成功的路途上，要给自己留空间，给别人留余地！"

我们总是说："往前冲，什么都不用怕！"

却很少在往前冲时戴头盔、护膝、护腕，做好保护措施，并预先演练跌倒。

人生里的跌倒与失败，几乎是必然的，跌倒的价值是使人坚强，失败的意义则是让我们更珍惜人生。一个人如果学会跌倒，学会认识失败，等于是学会人生的一半了。

不怕跌倒，不畏失败，就能生起一些从容。

从容，是老天送给内心有空间的人最好的礼物。

当我沿街散步，看到美丽的街景，总会停步；看到动人的情境，也会驻足；随情随性地穿街过巷，然后回头看到人潮与车流，向不可知的地方奔赴，我总庆幸自己是个作家，有一些内在空间，有一些从容。

对我来说，写作就是希望的请帖，我只要每天拿这张请帖，就能立即抵达繁花似锦的彼岸。

对我来说，写作就是美好的安慰，我只要每天有新的思维，就能很快发现失败和跌跤的意义。

我不是那么烦恼，也不是那么在意！
我不会那么执着，也不会那么僵化！
我不想那么缓慢，也不想那么着急！
我不爱那么虚无，也不爱那么现实！

我已穿了文学的轮滑鞋，也跌倒过数回，我还会自由地去溜滑轮，比起昔年，我已学会了从容。

让开心成为一种习惯

已看惯了太阳的东升西落，月亮的阴晴圆缺，习惯了春夏秋冬的冷暖，世间万物的改变，却很难看淡人间的悲欢离合、情仇恩怨，更难将伤心难过看得风轻云淡。经过了很多年的改变以后，将开心当成了一种习惯，于是我发现我的开心感染了很多人，人们问我为什么的时候，我只说：开心是一种习惯！

以前常常讨厌世人那些所谓的好心忠告，因为明明知道没有几个人能做得到，事事去斤斤计较，到头来伤心难过的只是自己。常常听不习惯朋友的花言巧语，看不习惯朋友的惺惺假意，突然恨透了这个世界，感觉到处都是虚伪的面孔。

也许是因为经历得太多，也许是因为个人没有办法改变这个社会的情况下只能顺应这个社会，于是喜欢上西门子公司的一句企业文化："请愉快地工作。"并改成了："请开心地生活"。的确，开心与不开心，都要过一天二十四个小时，何不开心地度过每一天呢？

当然，没有哪个人在面对伤心和难过的时候还可以傻笑，但是，你却可以在最短的时间内去调整自己的心态。要知道伤心不是解决问题的最好办法，于是，

我将那句话刻在了心里："请开心地生活。"这样时时刻刻提醒自己，我应该开心地过每一天，因为我像所有人一样，希望自己能过得好一点，虽然不能从物质上满足自己，但是已学会弥补自己心灵上的空虚。

人的一生，总有学不完的知识，总有领悟不透的真理，总有一些有意或者无意的烦心事闯到心里来。总之，人生之梦，顺少逆多，一辈子不容易，千万不要总是跟别人过不去，更不要跟自己过不去。书上云：看别人不顺眼是自己的修养不够。想一下也是，因为每个人的出身背景、受教育程度、受社会影响都是不一样的，在你看不惯别人的同时，是否别人也看不惯你呢？所以开心地去面对每一个人，要学会看朋友身上的优点，学习朋友身上的优点，朋友的缺点正是你最好的反面教材，如果你也有这样的缺点请及时改善，不正是你所期望的吗？

开心不仅仅是心里的感觉，而是因为你有了开心的感觉，于是别人可以从你的脸上读到微笑，读到开心。如果你在生活中比较细心的话，你就会知道世间最美丽的表情就是微笑，如果你想天天拥有世间最美丽的表情，那么请把开心当成一种习惯吧！

心随境转是凡夫，境随心转是圣贤。
用惭愧心看自己，用感恩心看世界。

世间最美丽的表情

就是微笑

如果你想天天拥有

世间最美丽的表情

那么请把开心

当成一种习惯吧

著作权合作登记号　图字：01-2015-6833

图书在版编目（CIP）数据

人生最美是清欢 / 林清玄著 . — 北京：北京十月

文艺出版社，2016.3

　ISBN 978-7-5302-1540-1

　Ⅰ . ①人… Ⅱ . ①林… Ⅲ . ①散文集—中国—当代

Ⅳ . ① I267

中国版本图书馆 CIP 数据核字（2015）第 314344 号

本著作物经厦门墨客知识产权代理有限公司代理，由九歌出版社有限公司授权，
在中国大陆出版、发行中文简体字版本。

人生最美是清欢
RENSHENG ZUIMEI SHI QINGHUAN
林清玄　著

出　　版　北京出版集团公司
　　　　　北京十月文艺出版社
地　　址　北京北三环中路 6 号
邮　　编　100120
网　　址　www.bph.com.cn
发　　行　新经典发行有限公司
　　　　　电话（010）68423599
经　　销　新华书店
印　　刷　北京奇良海德印刷股份有限公司
版　　次　2016 年 3 月第 1 版
　　　　　2022 年 8 月第 44 次印刷
开　　本　715 毫米 ×1000 毫米　1/16
印　　张　16.75
字　　数　180 千字
书　　号　ISBN 978-7-5302-1540-1
定　　价　49.50 元
质量监督电话：010-58572393

版权所有，未经书面许可，不得转载、复制、翻印，违者必究。